Solène BAKOWSKI

Chaînes

ISBN : 978-1514156551

Photo de couverture : Shutterstock. Cliché modifié par Laurent Bakowski

À celui qui ne disparaît jamais.

1

Je lui appartiens. Je suis vouée à elle, corps et âme. Je l'aime, je la déteste. Entre nous, c'est passionnel. Je voudrais qu'elle m'oublie, qu'elle casse les chaînes qui nous enserrent. Je suis pourtant incapable de vivre sans elle. Elle est tout ce que j'ai. Elle est possessive, elle m'a tout pris. Je me fous de ce qu'on en pensera. La bienséance n'a jamais été mon fort.

Elle m'envoûte. Elle m'obsède. J'ai soif d'elle. Et tant pis si je ne fais pas le poids. Et tant pis si ça me consume.

Je n'y peux rien si je vois son ombre planer sans cesse au-dessus des têtes que je croise. Je n'y peux rien si rien ne reste jamais.

Je vis seule. Enfin seule, avec elle s'entend. Et elle ne laisse aucune place aux autres. Elle est mon seul lien, elle est indéfectible. Et elle, elle ne me quittera pas, parce que je suis une héritière.

Vous n'y voyez que du feu. Mais elle est là, tapie discrètement au fond des cours, au coin des rues, sur les étagères. Elle attend le bus près de cette vieille dame ; elle pêche à la ligne à côté de cet homme tranquille ; elle donne à manger aux canards dans la foule d'un parc par un beau dimanche ensoleillé ; elle est partout, elle est tout le temps.

Et mes épaules ploient chaque jour davantage. De cette promiscuité que je partage avec elle, de cet aveuglement qui vous caractérise. Fardeau de l'hérédité. Je vous l'ai dit, je suis l'héritière.

Pourtant, j'ai été comme tout le monde : j'ai vécu au jour le jour en naviguant à travers des jours heureux, j'ai nagé dans un océan de petits bonheurs simples. D'y penser me fait sourire, quoiqu'un peu jaune.

Adolescente, comme beaucoup de jeunes gens de mon âge, je me croyais invincible et hors du temps. Littéraire et cérébrale, j'aimais me promener dans les cimetières : le calme et la neutralité des pierres tombales apaisaient le tumulte de mes questionnements existentiels et apportaient de la sérénité à mon corps récemment pubère. De rares corbeaux voletaient dans les arbres tandis que j'évoluais d'un pas nonchalant entre les édifices sombres et défoncés par endroit. En lisant les épitaphes, j'imaginais l'existence des personnes que j'avais la plus grande peine à concevoir allongées sous mes pieds. Grâce aux années de naissance et de décès, je calculais l'âge des gens enterrés, brodais sur la raison de leur départ parfois précipité. Si je m'apitoyais sur les sujets morts avant trente ans, je me disais, avec une petite pointe de culpabilité, que les autres, les vieillards, prenaient beaucoup trop de place, à la fois par le nombre d'années passées à vivre et par l'espace qu'ils osaient encore occuper après leur décès. « À mon épouse », « À mon époux ». Et quoi, me disais-je, ces deux-là n'ont-ils pas eu la chance de partager cinquante, soixante ans de vie commune ? De quoi viennent-ils se plaindre à présent ? De quel droit ceux qui restent sont-ils malheureux ? « À mon père », quand le père en question est mort à plus de quatre-vingt-dix ans. Il était temps, pensais-je, temps de songer à s'en aller. À quatre-vingt-dix ans, on peut se dire que les enfants sont élevés, que l'être aimé est certainement parti en premier, que les souvenirs constituent l'unique occupation, que l'existence n'a plus tout à fait la même saveur. Alors, dans ces conditions, pourquoi vouloir à tout prix s'accrocher ? Remarquez, c'est facile de se dire ça quand on a quatorze ans et la vie devant soi. Pourtant, ce n'est pas de l'égoïsme, juste de la candeur, de la candeur et une pointe de cynisme.

Les tombeaux qui portaient les photographies des défunts étaient mes préférés. Par les visages qu'ils me présentaient, ils soutenaient mon imagination. Je voyais ces gens bouger dans les vêtements avec lesquels ils avaient été immortalisés. Certains portaient un uniforme et prenaient l'air grave, comme si quelque chose de grave pouvait encore leur arriver. D'autres, des défunts plus récents, se montraient souriants, en tenue de ville. La plupart des photographies étaient gravées en noir et blanc sur une plaque de céramique, d'autres en sépia, d'autres, plus rares, en couleurs. Celles-là, je ne les aimais pas beaucoup : la couleur me paraissait inappropriée. À des endroits, le béton s'était fissuré, des trous larges comme des mains étaient laissés béants. À la fois curieuse et terrifiée, je m'assurais que personne ne passait par là avant de lancer un regard furtif - puis plus appuyé - dans les cavités, espérant y trouver une trace, une preuve que quelque chose se tramait là-dessous, car il ne pouvait pas en être autrement. De temps à autre, je m'arrêtais devant une pierre tombale, intimant à mi-voix l'ordre à celui qui s'y trouvait de se réveiller et de se lever. J'avais là un immense terrain de jeu.

Avec le temps, je devins une jeune femme plutôt bien dans sa peau. Pour autant, mes visites au cimetière ne s'atténuèrent pas, bien au contraire. Je m'y rendais de plus en plus souvent, seule car honteuse de cette troublante fascination. J'éprouvais un besoin sans cesse renouvelé d'y passer plusieurs heures par semaine. Je me droguais au marbre gris, je sniffais de l'inscription mortuaire.

Peu à peu, je me suis mise à ne plus supporter ni les photos ni les vidéos : ces instants figés m'effrayaient, ils me rappelaient trop l'impermanence qui nous gouverne, l'éternité qu'aucun d'entre nous n'atteindra jamais. Partout, tout le temps, derrière chaque moment de félicité, chaque minute d'existence, j'apercevais la fin de tout. Lors des soirées d'anniversaire, je fantasmais les retours accidentés en voiture, ne pouvant m'empêcher de choisir les images que les invités garderaient après l'apocalypse, triant les sourires qu'il aurait fallu conserver dans la boîte à souvenirs, à peine refermée, déjà scellée de poussière. Pareil pour les mariages. Idem pour les naissances. J'imaginais les enterrements, les larmes, les regrets. Je voyais les cercueils solitaires sous une pluie battante, les flammes infernales des fours crématoires, l'odeur, la fumée, les cendres noires et grises disséminées au gré du vent. Comme si rien ne s'était passé auparavant. Comme si rien n'avait jamais été ressenti. Comme si, comme si une valse, comme si un tour et puis s'en va. Au fur et à mesure, je m'isolais. De savoir que j'allais finir, de toute façon, par perdre tôt ou tard les gens qui m'étaient chers m'était insupportable. Je préférais encore ne jamais les rencontrer, et oublier ceux qui étaient déjà là. Bientôt, il n'y eut plus que mes morts pour écouter mes doutes et épancher mes tristesses. Il n'y eut plus qu'eux pour me montrer la relativité de la vie.

Lorsque, adulte, je dus quitter le logement de ma mère, je me mis en quête d'un appartement tranquille, petit, retiré, à mon image. J'avais bien insisté auprès de l'agent immobilier : le calme, la sérénité, c'était primordial. Aussi, quand l'homme de l'agence me proposa un deux-pièces avec vue sur le cimetière communal, je n'hésitai pas.

Je m'y rendais chaque jour. Au début, quelques dizaines de minutes. Puis, très vite, des heures entières. Si bien qu'au bout de trois mois, le cimetière, la disposition des pierres, les poubelles, les visites régulières de parents éplorés, tout cela n'avait plus de secret pour moi. Au fur et à mesure de mes promenades, je mis en place une sorte de rituel : je commençais toujours par les défunts les plus anciens dont les tombes, mangées de lierre et de mousse, indiquaient des dates et des noms à moitié effacés. Aussi, à défaut de pouvoir lire l'inscription mortuaire, je leur donnais des noms, Edgar, Georges, Henriette, Mercedes, des noms que je m'imaginais ancrés dans l'époque qui les avait vus naître. Je passais ensuite dans les allées plus récentes, allais à la rencontre des défunts dont les noms ou les visages m'inspiraient de la sympathie. Je les saluais, leur donnais des nouvelles, leur en demandais. Eux, naturellement, ne répondaient jamais, murés qu'ils étaient dans un silence impassible et éternel. Mais cela m'était égal : ils étaient mes amis, les seuls peut-être, les plus fidèles en tout cas. Eux ne me trahiraient jamais. Eux ne me quitteraient jamais.

Ma mère, qui avait vu cet engouement grandir en moi depuis plusieurs années, ne se gêna pas un jour pour me dire tout le mal qu'elle en pensait. Cela l'angoissait terriblement. Elle me supplia de consulter, de me faire soigner. Elle en pleura, moi aussi. Peine perdue, ce fut, cet après-midi-là, un dialogue de sourds : je ne voyais pas où était le problème, je lui reprochais de m'emprisonner dans le filet de son anxiété, qu'elle avait toujours eu immense, sans se demander si ma liberté n'en prenait pas un nouveau coup à chaque fois. Elle me répondit que j'étais folle, folle à lier, que la mort n'était pas la vie et que regarder la vie passer dans les yeux des morts me précipiterait tôt ou tard à leurs côtés. À ces mots, je souris entre deux larmes : évidemment, répondis-je, que je finirai par mourir, comme toi, comme l'épicier, comme le boucher, comme cet abruti de présentateur télé et cette pouffiasse de starlette siliconée. Tous on y passera, tous. Que ça lui plaise ou non. Qu'elle crève de ces ulcères qu'elle se fait à se tordre ainsi l'estomac ou d'autre chose. D'ailleurs, continuai-je, enfonçant le pieu avec délectation, cette perspective devrait te rassurer plutôt que de t'inquiéter car il n'y a pas lieu de s'inquiéter quand on connaît la fin. À titre d'exemple, je lui montrai la fenêtre.

—Parce que tu trouves qu'ils ont l'air de s'en faire, eux ?

Elle se mit à trembler, les nerfs sans doute, tourna les talons en levant les bras au ciel et partit en claquant la porte. Je l'entendis sangloter tandis qu'elle attendait l'ascenseur.

Quand je fus seule, je réfléchis. Je lui avais fait de la peine. J'aurais dû être plus compréhensive, me mettre à sa place. Je concevais que, de l'extérieur, cela pouvait sembler malsain, mon attirance et tout ça. Alors, pétrie de remords, je saisis mon portable et l'appelai :

—Allo Maman, je voulais m'excuser, je vais aller voir un médecin, je te promets, sois tranquille Maman.

Je n'y croyais pas mais j'avais fait ce que j'avais à faire : j'avais rassuré ma mère. Vaguement contrariée, je fis les cent pas pendant quelques minutes avant de foncer tout droit au cimetière.

Il était désert. Un vent léger faisait bruisser les fleurs fraîches laissées sur les pierres pendant que la poussière virevoltait autour des pétales grisâtres et artificiels. De petits graviers crissaient sous mes pas. De loin, me parvenait le fracas de la rue, comme un ronflement un peu singulier. Je m'assis sur un banc, tentai de remettre de l'ordre dans mes idées. Tout à coup, quelque chose appela mon regard, quelque chose que je n'avais jamais remarqué auparavant, moi qui connaissais cet endroit à la perfection et qui aurais pu en dessiner le plan les yeux bandés. Une photographie. Une simple photographie. À quelques mètres de moi. Une photo sur une tombe, au beau milieu d'une allée couverte d'autres tombes et entourée d'autres allées : et j'aurais juré qu'elle ne s'y trouvait pas la veille. Intriguée, je m'approchai.

Émilie Torence née Ribaud, 1929-1980. Sous cette épitaphe peu éloquente, un cadre contenant une photographie, que personne n'avait pris la peine de sceller, était posé. Dessus, une jeune femme blonde vêtue d'un bain de soleil et d'un énorme chapeau de paille souriait. Le bonheur irradiait son visage. Fixant l'objectif, elle me donnait l'impression de m'adresser son sourire. Comment avais-je pu passer à côté de cette image atypique, un portrait euphorique au beau milieu d'un terrain de mort ? Je regardai autour de moi. Personne. Cédant à une pulsion soudaine, je pris le cadre et le fourrai dans mon sac, le cœur battant. Puis, haletante, je traversai au pas de course le cimetière et remontai chez moi. Là, je posai la photographie face à moi, sur la table basse, et me mis à l'observer avec attention, mes yeux dans ses yeux, le regard de cette femme magnifiquement décédée planté droit dans le mien. Une sensation inexplicable, presque désagréable. Une angoisse tout à coup. D'un coup sec, je retournai l'image et me promis de la rapporter lors de ma prochaine visite, dès le jour suivant.

Le lendemain, comme prévu, je retournai sur la tombe d'Émilie Torence. Alors que je m'apprêtai à remettre la photographie là où je l'avais trouvée la veille, je remarquai, coincé dans la jardinière vide, un autre cliché. Dessus, une femme en robe de mariée se tenait près d'un homme en habit de cérémonie, deux êtres splendides, magnifiés encore par un décorum d'un autre temps et une posture solennelle. Des enfants endimanchés étaient agenouillés à leurs pieds, au milieu de corbeilles de fleurs. C'était, à première vue, un sépia des années cinquante, en dépit de la conservation exceptionnelle du papier qu'aucun verre ne protégeait. Si l'homme m'était inconnu, la jeune épouse, elle, me sembla familière. Mue par un irrépressible besoin d'être sûre, je sortis la photographie de la femme au chapeau de mon sac et mis les deux clichés côte à côte. La ressemblance était frappante. Il s'agissait bel et bien de la même personne, séparée par quelques années, arborant d'un côté un sourire radieux sur un visage encore juvénile, de l'autre des traits contrits par la peur de se tenir mal. L'enfance, l'insouciance à gauche, les premiers pas malaisés d'une adulte, la retenue à droite. Quelqu'un qui avait dû repérer mes visites, devait, décidément, me faire une mauvaise blague. Des sentiments confus m'assaillirent : une légère appréhension vint gâcher un intérêt piqué au vif. J'étais certaine que quelqu'un se jouait de moi. Il me sembla sentir une présence et j'eus tout à coup la désagréable sensation d'être surveillée. Tremblante, je repositionnai les deux photographies sur le marbre froid et regagnai le gigantesque portail de l'entrée, non sans me retourner plusieurs fois.

La nuit suivante, je ne fermai pas l'oeil : je ne cessai de penser à ces vieux clichés, au visage de cette femme, à la transformation de son regard, de sa posture, à cette sensation étrange d'être littéralement vue par elle. Mon corps, fiévreux, bougeait en tous sens et mes idées étaient rendues plus nébuleuses encore sous l'emprise de l'obscurité et du bruit des gouttes qui s'écrasaient sur mes fenêtres. Et ce nom, qui résonnait dans ma tête comme une entêtante ritournelle : Émilie Torence, Émilie Torence, Émilie Torence. Bientôt, je n'eus plus qu'une seule envie : y retourner pour me convaincre que tout cela n'était qu'une farce et me permettre de recouvrer un état normal.

Le lendemain matin, alors que le soleil peinait à transpercer un ciel de traîne, je me postai devant la grille, attendant avec une impatience que je dissimulais mal que le gardien donne un tour de clé dans l'imposant cadenas sans âge. Je parcourus le chemin qui me séparait du caveau d'Émilie Torence en un temps qui me parut une éternité. Elles étaient là, comme neuves, les deux photographies déposées la veille. Aucune d'elles n'avait bougé, en dépit du vent, en dépit de la pluie, en dépit de tous les dangers que l'extérieur peut comporter pour de vulgaires morceaux de papier et un cadre en bois désarticulé. Je n'en revenais pas. Lorsqu'au bout d'une dizaine de secondes, je découvris une troisième photographie plantée comme un arbre dans une minuscule fente qui jouxtait la tombe, la sidération laissa place à l'effroi. Sur le cliché que je ramassai, une femme, la même évidemment – de cela il n'était plus possible de douter – portait une robe de chambre rouge. Ses cheveux, tirés en arrière par un chignon haut et domptés par des épingles discrètes, étaient d'un blond qui confinait au blanc. Une main longue qui laissait entrevoir une bague était posée sur le dossier d'une chaise de style Louis XV tandis que l'autre recouvrait négligemment le nœud de la ceinture du déshabillé. Les années avaient passé depuis l'image du mariage : les traits s'étaient épaissis, les rides sur le coin des yeux avaient durci le regard de la femme, une ligne creusant son front lui avait fait gagner en sévérité, sa bouche s'était affinée, son attitude entière s'était glacée. De la jeune fille enjouée à la tenue estivale, il ne restait plus grand-chose. Une femme d'une cinquantaine d'années, d'une beauté indéniable, sûre d'elle et à l'allure revêche avait pris sa place. Je disposai les trois clichés l'un à côté de l'autre, bien à plat sur la pierre tombale. Trois décennies tout au plus séparaient ces trois photographies. Qu'avait-il bien pu se passer dans sa vie pour que la transformation d'Émilie Torence soit si radicale? Qu'avait-elle vécu? Qu'avait-elle ressenti? Quelles sortes d'épreuves avaient pu entraîner un tel changement? Car, enfin, ce que je voyais n'était pas que l'œuvre du temps, autre chose s'était joué, bien au-delà des sillons qui couraient sur sa figure. Ses yeux brillaient d'une lueur qui m'hypnotisait et dans laquelle je me perdais. Des yeux qui me dévisageaient et qui entraient en moi. Des yeux qui me parlaient. Un flash et je vis soudain ce que cette femme avait été, un voyage intérieur vers des contrées jusqu'alors inconnues, des anonymes, des sensations, et ce que je vis m'horrifia. Je ne compris pas tout de suite : une minute me fut nécessaire pour réaliser que, par un stratagème de damné, elle m'avait ouvert la porte de son être. Paniquée, je jetai les images à terre d'un seul coup de main et courus à perdre haleine sans me retourner. Je venais de vivre son existence en accéléré. Toute son existence.

Cette expérience me troubla si intensément que je me trouvais incapable de remettre les pieds au cimetière toute la semaine suivante. D'innombrables hypothèses se mêlaient en moi pour expliquer cette escapade maudite, dans un autre lieu, dans un autre corps, dans un autre temps. La plus probable était la découverte tardive d'un don de médiumnité. Après tout, certains cas avaient été rapportés. Et puis c'était commode, ceci expliquait mon éternelle fascination pour la mort, mon amour des pierres tombales, mon attirance pour ceux qui avaient trépassé et l'apaisement, surtout, que je ressentais à leurs côtés. Ou bien j'étais folle et désespérément seule. Je décidai donc de retourner face à la dépouille de cette femme, par provocation, par fascination. Pour me prouver aussi que je n'avais pas rêvé.

C'est chancelante que je finis par me présenter face au marbre. Les photographies semblaient avoir disparu : j'étais déçue mais soulagée. À voix basse, comme pour éviter de me faire prendre, je l'appelai :

—Émilie, si c'est toi Émilie qui m'as envoyé ça, montre-toi, lève-toi, réveille-toi. Maintenant, là, tout de suite.

Un vent frais allait et venait dans les feuilles des arbres hauts et touffus ; des pigeons égarés déambulaient d'un air idiot entre les tombes. Rien d'autre. Ni voix d'outre-tombe, ni corps maudit, ni cliché de malheur. Enchantée de ma drôle de victoire et rassérénée sur l'état de ma santé mentale, je m'apprêtais à filer d'un pas léger quand, tout à coup, une branche tomba sur mon bras. Au bout de celle-ci, un morceau de papier roulé en boule était accroché. Je le pris, le déroulai, l'aplatis. Il s'agissait d'un dessin en couleurs qui ressemblait étonnamment à une version différente, bien plus angoissante à vrai dire, de la dernière image. Dessus, une femme, le crâne fracassé, gisait près d'une chaise, une main agrippée au dossier de celle-ci, une autre posée sur le nœud d'une robe de chambre rouge ; des restes de cheveux blonds, des épingles éparpillées tout autour, des yeux grand ouverts, un reflet discret à l'intérieur. Subjuguée par le réalisme du croquis, je m'approchai. Plus près. Encore plus près. À l'intérieur de ces yeux morts, c'était mon visage qui se reflétait. Une horreur absolue s'empara alors de moi. Titubante, je reculai, me cognant aux coins des édifices, m'écroulant presque à chaque pas. Un hurlement se coinça dans ma gorge, je manquai d'air, mes jambes refusèrent de me porter plus loin. J'étais coincée à quelques mètres de cette affreuse pierre tombale et de cette Émilie qui ne me lâchait pas et je ne pouvais rien y faire. La panique m'avait avalée tout entière. Je m'évanouis. Quand j'ouvris les yeux, un homme rougeaud d'une cinquantaine d'années me secouait doucement :

—Mademoiselle, ça va ? Vous vous sentez bien ?

Plusieurs secondes défilèrent avant que mon esprit se remît en route et que je réalise que l'homme était le gardien taciturne du cimetière. Mes paupières étaient lourdes ; mon corps, épuisé, luttait contre une apathie obstinée. Soudain, une voix de femme, rauque et enrouée, une voix de vieille dame :

—Laissez monsieur, ne vous inquiétez pas, je la connais, je vais m'en occuper.

La voix qui me parvenait, bien que rendue lointaine et étouffée par le coton de ma somnolence, m'était, à l'inverse de ce qu'elle affirmait, totalement inconnue. Cela donna une pulsion à mon corps indolent, une décharge électrique qui me réveilla d'un coup. J'ouvris des yeux ronds et observai la petite femme sèche qui se tenait devant moi tandis que l'homme, bougon, s'éloignait. Son visage m'était invisible, caché par le bord large d'un grand chapeau noir. Une robe de laine grise sous un manteau de feutre sombre couvrait une silhouette osseuse. Des chaussures noires à boucles accentuaient la finesse des mollets que l'on devinait derrière un voile transparent.

—Qui êtes-vous ?

La tête baissée, la femme, à bonne distance, était immobile. Elle ne sembla pas entendre ma question. Je répétai, à la fois agacée et inquiète de cette étrange présence, prenant soin de détacher chacune des syllabes que je prononçais.

—Qui êtes-vous ?

Se cantonnant à un silence horripilant, elle leva la tête, très lentement, en guise d'unique réponse. Elle me donna à voir un menton fripé bien que fort bien dessiné, les arêtes fatiguées d'un nez qui dut être beau. Seuls ses yeux restaient désespérément dans l'ombre. Je criai presque :

—Je vous demande de me répondre : qui êtes-vous ?

Sa respiration, tout à coup, se fut plus pressante ; ses bronches dégageaient un sifflement sourd et irrégulier. Elle retira son couvre-chef. Des cheveux gris et épars recouvraient mal un crâne presque chauve parsemé de plaques rouges et sèches ; des cernes larges entouraient ses yeux dont les pupilles étaient dilatées à l'extrême ; la peau de son visage, sans consistance et sans couleur, molle et affaissée, avait l'aspect d'un haillon jeté à la va-vite sur des os desséchés.

Face à l'allure de cette femme, j'étais estomaquée, coincée entre le dégoût, la peur et la compassion. Elle s'avança avec peine pendant que, instinctivement, je reculai la tête et le dos. Sa tête, désormais à nu, paraissait énorme au regard des épaules étroites et du cou maigre qui la soutenaient, semblait-il, difficilement. Elle prit place près de moi et se mit à parler d'une voix faible et voilée :

—Je vois que je vous effraie. Je n'en avais pas l'intention, pardonnez-moi. Excusez aussi mon apparence. Je ne suis qu'une vieille femme malade voyez-vous, une vieille femme malade et épuisée.

Ses doigts décharnés aux ongles ridiculement courts couraient nerveusement sur le chapeau qu'elle avait posé sur ses cuisses. Devant mon silence effaré, elle continua :

—Vous ne me connaissez pas. Permettez-moi

donc de me présenter : je me nomme Aphasie Marny de Chavet.

Une vilaine quinte de toux interrompit le flux déjà difficile des paroles de la vieille dame. Elle cracha puis se gratta le haut du visage : des minuscules lambeaux de peau sèche, des poussières épidermiques, tombèrent alors en pluie fine sur son manteau. Son nom m'était totalement inconnu et j'étais certaine de ne l'avoir jamais vue auparavant. Pourtant, plus je l'observais et plus je remarquais que quelque chose dans son visage m'était familier, une expression peut-être, un je-ne-sais-quoi que j'aurais été bien en peine de décrire. Pendant que je cherchais, elle leva les yeux, regarda droit devant elle avant de reprendre en respirant difficilement :

—Je vais aller au fait car, voyez-vous, parler m'est douloureux. Je suis âgée, j'ai vécu trop longtemps ; je suis rongée par un mal que vous ne soupçonnez pas et dont le pouvoir se situe bien au-delà de ce que mon apparence peut laisser croire. C'est vous dire si je suis gravement atteinte. Je suis venue à vous car j'ai besoin que vous m'aidiez. Je vous attendais depuis tant d'années...

Cette femme était folle, assurément.

—Je ne comprends pas ce que vous me dites, vous devez faire erreur ou me confondre avec quelqu'un d'autre. Je pense que nous devrions retourner vers l'entrée du cimetière. Nous pourrons appeler un médecin de la loge du gardien. Vous allez marcher à mes côtés, je vais vous tenir le bras jusqu'à ce que nous arrivions là-bas et...

Elle sourit tristement :

—Ne vous fatiguez pas. Ce n'est pas d'un docteur dont j'ai besoin ; la médecine ne peut rien contre ça. Non, ce qu'il faut, c'est que vous m'aidiez à partir.

Ses yeux s'embuèrent.

—Pardon ? Où voulez-vous partir ?

Des larmes silencieuses coulaient maintenant le long de ses joues et s'écrasaient, une à une, sur le dos de ses mains tremblotantes.

—Comprenez-moi bien mademoiselle. Je n'ai plus rien ici, mon existence n'est plus qu'une douleur infinie. Je vois des choses dont vous n'avez même pas idée, des choses horribles qui me poursuivent et m'ont rendue telle que je suis aujourd'hui.

Avec effroi, je réalisai qu'elle me demandait de l'aider à mourir. Des sanglots soulevaient ses épaules. Les paroles saccadées me déchiraient le cœur : j'éprouvai une pitié intense pour cette petite vieille sénile et malade, si seule et tellement éplorée qu'elle n'avait d'autres choix que de quémander un geste charitable auprès d'une inconnue, celui de mettre un terme à sa vie. Qu'avait-elle donc commis pour mériter ce sort ? Je réprimai mon dégoût et posai ma main sur son avant-bras :

—Je suis désolée madame. Mais je ne peux rien. Vous ne pouvez pas me demander ça. Vous n'imaginez pas bien ce que cela implique. Vous devez être soignée, vous avez besoin de soins médicaux, de médicaments. Il faut vous rendre à l'hôpital. Si vous voulez, je peux venir avec vous. Je viendrai vous voir, je vous apporterai des affaires, vous ne serez pas seule, vous...

Dans un geste d'humeur, elle dégagea son bras et planta ses yeux rougis et brillants dans les miens. Son haleine lourde était désagréable et je me contins pour ne pas me détourner d'elle.

—Décidément, vous avez la tête dure mademoiselle. Je ne suis pas venue vers vous par hasard. Il n'y a que vous qui puissiez me libérer, personne d'autre.

—Mais enfin, qui croyez-vous que je suis ?

—Vous êtes celle qui a vu les photos de la femme qui n'est maintenant plus qu'un maigre tas d'os dans une boîte.

J'étais abasourdie. Comment pouvait-elle le savoir ? À moins que ce ne soit elle qui...

—Vous êtes convaincue maintenant ? Voyez-vous, je sais pertinemment à qui je m'adresse, il n'y a pas d'erreur possible. Alors je vous le répète : c'est vous et personne d'autre.

Un goût âcre s'insinua dans ma bouche, des sueurs froides glissèrent le long de ma colonne vertébrale. À bien la regarder, quelque chose en elle me rappelait le visage de cette Émilie Torence. Elle prit sa respiration.

—Il y a longtemps, j'étais comme vous : la mort

me fascinait. Je passais mon temps dans les cimetières, bien plus à l'aise avec les défunts qu'avec les vivants qui m'ennuyaient terriblement. Peu à peu, les gens qui m'entouraient se détournèrent de moi : ils me trouvaient lugubre, malsaine. Certains, sans même s'en rendre compte tout à fait, insinuèrent que je portais malheur. Je me retrouvai livrée à moi-même, ce qui, je dois vous l'avouer, ne me déplaisait pas complètement : je pouvais, à loisir, retrouver mes morts et rêver de m'adresser à eux sans être gênée par ces vivants qui ne m'apportaient rien et qui m'effrayaient. Et puis ça a commencé, sans crier gare. Les disparus sont venus peupler mes rêves. Toujours de la même façon et dans un ordre immuable : je vois d'abord les minutes, les heures, les jours qui ont suivi leur disparition, le corps inanimé, les morceaux de chairs parfois disloqués, les êtres chers désemparés. Puis, la nuit suivante, là où tout a commencé. Ensuite, je suis pas à pas le chemin qui les mène vers la fin. Et, quand tout est terminé, lorsqu'enfin le dernier rêve vient rejoindre le premier et qu'il s'arrête là où tout s'achève, alors que je suis persuadée que je vais recouvrer ma liberté et que ma vie va recommencer, une nouvelle histoire prend possession de mes rêves et empoisonne mes nuits, un nouveau mort s'insinue dans ma tête et ne me laisse tranquille que lorsqu'il a achevé de dire ce qu'il a à dire. C'est sans fin. Chaque défunt qui vous parle vous détruit un peu plus. Et ce qui vous fait le plus de mal, dans cette affaire, ce qui est le plus insoutenable, c'est de connaître la fin et d'assister, impuissante, à son achèvement. C'est ça, le pire. C'est l'impuissance qui vous rend fou. Vous côtoyez les personnes sans même qu'elles vous aperçoivent. Vous voudriez les prévenir, leur dire attention, ne va pas là, ne regarde pas ici, ne réagis pas comme ça. Mais rien ne change : la fin, quoi qu'on fasse, est invariable.

À ces mots, elle s'arrêta. Elle se moucha et se mit à tousser frénétiquement. Calmée, elle détourna le regard puis continua :

—Les rêves paraissent si réels que c'est à se demander si ce ne sont pas plutôt des voyages dans le temps. La réalité et les songes s'entremêlent. Vous ne savez plus rien, vous perdez vos repères. Au début, vous pensez que vous êtes bénie, que ce pouvoir, car c'en est un, est un pouvoir d'élu. Puis, très vite, vous réalisez que vous êtes en fait condamnée, condamnée et maudite. Alors, un beau jour, vous essayez de faire en sorte que tout cela s'arrête : vous tentez, sans succès, de ne plus dormir ; vous vous abrutissez de cachets, de drogues, d'alcools ; vous invitez du monde dans votre lit, espérant que la présence d'un autre fera fuir le mort qui vous colle aux basques. À court d'idées, épuisée, vous essayez de mettre fin à vos jours. Et toujours ça rate. Et toujours ça ratera. Vous finissez par vous souvenir de la façon dont le premier rêve est arrivé et là, vous comprenez. Vous comprenez qu'il n'y a qu'une personne au monde capable de faire que ces visions s'arrêtent et votre vie, soudain, n'a plus qu'un sens : trouver cette personne et supporter, en attendant la libération ultime, les existences de ces défunts qui vous dévorent.

Je me levai d'un bond et me mis à crier :

—Ma parole, vous êtes complètement cinglée. Me demander de vous buter, déjà, c'était gonflé. Mais inventer des conneries pareilles, vraiment, faut être marteau. Allez consulter un psy. Moi, j'en ai assez entendu. Je m'en vais, je vous laisse à vos divagations de vieille tarée !

Elle ne moufta pas et laissa tomber son regard sur ses chaussures. Elle ne pleurait plus. Je lui tournai le dos et commençai à m'éloigner d'un pas vif et décidé, encore ébranlée par cette rencontre ahurissante que je vivais comme une agression. Tout à coup, elle m'appela, par mon prénom.

—Héloïse, attendez !

Comment le connaissait-elle ? Je me figeai.

—Écoutez Héloïse, si vous ne me croyez pas, touchez une tombe, n'importe laquelle. Vous verrez. Je ne voulais pas mais je n'ai pas le choix. J'espère que vous me pardonnerez.

Je me mis à courir. Sa voix, de plus en plus lointaine, me poursuivait.

—Dans dix jours Héloïse. Je serai là, exactement au même endroit. Dans dix jours. Vous...

Déjà, je ne l'entendais plus.

Je filai à toute allure à travers l'allée principale. Le plus vite qu'il m'était possible d'aller. M'éloigner. D'elle. De sa folie douce. De sa détresse. De ses histoires à dormir debout. De ses délires paranoïaques. De ses fantômes. De ses morts. Retrouver le tumulte de la rue, les klaxons, les voisins qui s'engueulent sur le palier, les gamins qui s'apostrophent, les mamans et leur poussette, les gens qui s'entassent dans la crasse des transports en commun. Retrouver la vie rapidement et tout ce qui me la rend insupportable pour m'écarter de ces contes morbides. Embourbée dans le flot de mes pensées, je trébuchai sur un pot de fleurs abandonné qui partit buter contre le rebord du trottoir pour s'y briser en trois gros morceaux. Cet incident stoppa net ma course effrénée. Je m'essuyai le front de ma manche et regardai autour de moi : de paisibles pierres tombales, quelques points, au loin, formés par des gens courbés sur les dalles, des feuilles tournoyant au sol sous l'impulsion du vent. Je tentai de recouvrer mon calme et me mis à réfléchir. Des dizaines de questions sans réponses rebondissaient de part et d'autre des parois de mon crâne : qui était cette Aphasie ? Quel rapport entretenait-elle avec Émilie Torence ? Y avait-il seulement un lien entre elles deux ? Et cette faculté, qui dépassait l'entendement, de pouvoir entrer en communication avec les défunts et de subir leur histoire sans pouvoir s'en libérer jamais ? Comment savoir, la véracité des dires de cette vieille bonne femme sénile, quel crédit leur apporter ? Et moi, que venais-je faire au milieu de ce fatras ? Payais-je là une attirance irraisonnée pour la mort ? C'était n'importe quoi, des paroles sans queue ni tête d'un être en fin de vie, en mal de sens. Au bout de quelques minutes, je n'eus plus qu'une seule envie : poser la main sur le marbre et me convaincre que tout cela n'était qu'une farce de mauvais goût. Le calcul était simple : je touchais une pierre tombale, au hasard, et, évidemment, puisque rien n'allait arriver, j'allais pouvoir placer le souvenir de cette bonne femme au rang des rencontres insolites et en rire, plus tard, en le racontant. Pourtant, à mesure que je déambulai entre les tombes et que je passai devant les épitaphes et les visages figés sur céramique, le doute s'insinua en moi, jusqu'à prendre possession de mon esprit telle l'araignée tissant sa toile. Et si je me fourvoyais ? Et si, après tout, elle avait dit vrai ? Et si, comme elle l'avait insinué, en acceptant de toucher une dalle, je devenais prisonnière des visions ? Très vite, je ne sus plus quoi penser, ni quoi faire. Aussi, pris-je soin de me déplacer à distance, sans risque d'effleurer, même par inadvertance, les pierres tombales. Tout à perdre, rien à gagner. Mais la curiosité est puissante et vous gangrène jusqu'à ce qu'elle obtienne gain de cause. La nature humaine sans doute. Et puis, un petit geste de rien du tout, une caresse à la limite, et alors, puisque rien n'arrivera.

À la lisière de l'allée principale, je m'engageai dans une voie secondaire. À gauche et à droite, des sépultures étaient parfaitement alignées. Certaines portaient une croix catholique, d'autres des hirondelles, d'autres des roses. Pour tous les goûts, pour toutes les sensibilités. Sur le marbre de l'une d'elles, une jeune femme brune aux cheveux coupés court souriait. Les dates indiquaient qu'elle était décédée à vingt-deux ans. À ses côtés reposait un homme, 1957-1992, une plaque mortuaire sur laquelle était marquée « À mon papa », une autre « À mon fils », un nom, Loup, un prénom, Pascal. Des plantations sèches, des gerbes fanées, de la poussière plein les recoins. Et un homme là-dessous. Un homme là-dessous, allongé depuis plus de vingt ans. Un fils, un époux, un père, ou ce qu'il en restait. Autant dire pas grand-chose. Une existence, des sentiments, des passions. Tout ça pour ça. Tout ça pour rien.

Je fus prise de tremblement, une boule d'angoisse se nicha au creux de mon ventre. Tout mon corps se rebiffait, refusait de tenter le diable. Je ne l'écoutai pas et fermai les yeux. Je tendis la main gauche, l'arrêtai en plein vol à quelques centimètres de la paroi du monument, pris une bouffée d'air. Mes doigts, imperceptiblement, remontèrent avant de redescendre pour rencontrer la pierre glacée. Ma paume les suivit pour venir se positionner bien à plat sur l'édifice. Tout à coup, des frissons parcoururent tout mon corps et une violente douleur me lacéra les tempes.

La fin

Je voulais vous dire, il est mort, voilà, c'est comme ça. Évidemment, c'est affreux. Mourir si jeune. Mais on n'y peut rien. On est tous impuissants face à ça. Et puis, surtout, on est rien ici-bas.

On l'annonce à sa mère : la voilà qui hurle au bout du couloir de l'hôpital et qui crache son agonie à la face de tous ceux qu'elles croisent.

On l'annonce à celle qui a partagé sa vie : les sanglots de la culpabilité abîme son visage encore joli, la page qui se tourne rougit ses yeux : elle pleure sur lui, elle pleure sur sa jeunesse à elle. Son cœur, aride, se ramollit ; sa rancœur, affichée lors de la procédure de séparation, disparaît et laisse place à l'incompréhension du formidable gâchis. Elle vient d'oublier qu'elle ne l'aimait plus.

On s'apprête à l'annoncer à sa fille d'à peine dix ans, occupée à jouer dans la cour de l'immeuble. Trouver les mots, la protéger, la consoler, la faire grandir encore et malgré tout. Comme si elle, elle ne l'avait pas vu venir avec ses grands sabots, la fin et tout le tralala.

On l'annonce comme on peut, on y met les formes, les accents, les soupirs. Ce soir, le générique du journal télévisé résonnera à 20 heures tapantes. Il sera suivi d'un peu de publicité puis d'un film. Pendant ce temps, il se solidifiera et son oncle sera forcé de lui casser le bras pour lui enfiler son dernier costume d'apparat.

Maman, maman, pourquoi tu pleures ? Tu l'aimais plus papa de toute façon. C'est toi qui es partie, tu ne te souviens pas ?

Maman, tu es sûre que ce n'est pas à cause de moi qu'il est mort ? Qu'il ne s'est pas suicidé ? Il était si malheureux. J'étais tout pour lui. Il pensait m'avoir perdue.

Moi, hurle la mère, j'en veux à celui qui l'accompagnait au restaurant ce jour-là. Dire que ce salopard n'a même pas pensé à me prévenir que mon fils avait fait un malaise. Ça ne lui portera pas bonheur, tu verras. Et puis il y a son médecin. Un pourri. Un incompétent. C'est lui qui lui a fait avaler toutes ces saloperies de cachets. Son cœur a lâché, c'était prévisible. Alors, c'est lui. C'est sa faute à lui. Parce qu'à trente-cinq ans, on ne meurt pas sans raison.

L'homme est jeune. Le visage sans expression que la mort s'est empressée de recouvrir d'un masque de rigidité, est pâle mais sans ride. Il n'en aura jamais. Les cheveux, pourtant, sont en neige. Des cheveux blancs sur un visage qui avait de l'avenir. Ça jure.

2

J'ouvris les yeux et regardai, effarée, tout autour de moi, rassemblant mes idées, tentant de comprendre, ce que je fichais là, dans ce cimetière, tandis que, déjà, le soleil passait derrière les arbres et que la fraîcheur du soir naissant engourdissait mes membres et raidissait ma nuque. La main posée sur la tombe était violette et traversée de veines bleues. Où avais-je été ? Qui avais-je rencontré ? Qui était ces gens dont les pensées avaient résonné en moi comme si je les avais habités pendant un instant ? Quel était ce monde parallèle dans lequel je pouvais me déplacer à loisir, vivre dans d'autres corps et voir à travers d'autres yeux? Quel était cet univers insoupçonné dans lequel ni le temps ni l'espace n'avaient de prise ? Ça ressemblait à un rêve. Peut-être, d'ailleurs, m'étais-je juste assoupie et, appuyé par la rencontre bizarroïde de cette Aphasie, mon esprit avait cru bon de construire ce songe ? Pour mieux m'en défaire. Comme un pied de nez. Comme un exorcisme. Je ne valais décidément pas mieux que cette vieille tarée.

Une cloche retentit, annonçant la fermeture toute proche du cimetière. À grand-peine, je me relevai et passai le grand portail. Arrivée à sa hauteur, le gardien me reluqua d'un drôle d'air, étonné sans doute de me trouver encore là, à cette heure, après le malaise de la fin de matinée. Armée d'une contenance qui m'étonna, je le saluai comme si de rien n'était. Mais Dieu sait si j'étais chamboulée et, dans la rue, je n'en menais pas large. Je rentrai chez moi, pressée de retrouver le confort rassurant de mon appartement.

À peine arrivée, je m'écroulai sur le sofa moelleux. Éreinté, mon corps se laissait envahir par une apathie molle. Mon esprit, tout feu tout flamme, luttait quant à lui sans relâche contre des interrogations qui confinaient à la torture. Je revoyais les images de ma vision, les perdants, les gagnants, les traits des protagonistes s'effaçant peu à peu à mesure que mon esprit s'occupait à les évoquer. Cet homme, ces femmes, cette petite fille, la tragédie, la détresse, la fin. Leur existence, à jamais saccagée, les casseroles qu'ils allaient traîner derrière eux désormais. La contradiction des émotions, la culpabilité, l'abattement. L'habitude de vivre sans, le répit dans l'oubli, irréversible. En dépit de tout, la mère s'accrochera à un être qui n'est plus, sombrera, refusera de le laisser partir, tombera dans des méandres qu'elle ne contrôlera pas et qui grignoteront son essence, son âme. L'enfant, elle, a la vie devant elle : si tout va bien, des ténèbres, elle n'en verra que la porte d'entrée. Tout dépend.

Je me mis à pleurer à chaudes larmes : évacuer les émotions, accompagner ces inconnus dans l'épreuve, partager le malheur, l'accepter. Tout ça pour un songe idiot. Je ne m'expliquais pas ce qui était en train de m'arriver et le torrent des émotions qui m'assaillaient depuis que j'avais touché cette satanée pierre tombale.

Le visage encore souillé de sillons blanchâtres, un goût salé aux commissures des lèvres, je décidai de mettre cela au clair. J'allumai l'ordinateur, me connectai à internet et inscris « Aphasie Marny de Chavet » dans la barre de recherche. Quelques secondes après, une page de résultats s'afficha. Cette Aphasie, comme je le craignais, n'était recensée sur aucun réseau social. D'autres, plus jeunes, portant un nom de famille identique, se présentaient comme provenant de régions diverses. Il semblait toutefois qu'une grande majorité de ces jeunes gens, cependant, était installée dans l'est de la France, en Champagne. Par l'intermédiaire de Facebook, j'envoyai un message privé à chacun d'entre eux : « Connaissez-vous Aphasie Marny de Chavet ? » J'espérais ainsi obtenir des informations, n'importe lesquelles, qui pourraient me rendre l'apparition plus humaine. Je lançai ensuite une nouvelle recherche sur Pascal Loup. Rien de probant. Je complétai par le nom de ma ville, celle dans laquelle il était enterré. Dès les premières lignes, le nom d'une jeune femme attira mon attention: Fanny Loup. Dans son descriptif, elle expliquait avoir passé son enfance ici avant de déménager à Paris. Elle était aujourd'hui mariée et mère d'une petite fille. Elle avait trente-et-un ans. Un rapide calcul m'informa qu'en 1992, cette femme devait avoir entre dix et onze ans. Cela correspondait. Malheureusement, aucune des photographies d'elle disponibles sur la toile ne la montrait clairement : je distinguais tout au plus un cou, un dos, des traits flous ou lointains. Il m'était donc impossible de la confronter à l'enfant que j'avais vue dans mon rêve. L'envie me prit de lui envoyer un mot. Mais pour lui dire quoi ? Vous ne me connaissez pas mais je crois savoir qui est votre père. Je voulais vous dire que j'avais vu son cadavre en songe alors que j'étais avachie sur sa tombe. J'aimerais qu'on en discute. Appelez-moi à ce numéro. N'importe quoi.

Me perdant en conjectures, mal à l'aise avec l'idée d'entrer dans une histoire qui n'était pas la mienne, pétrie d'indiscrétion et de fascination à la fois, je réussis à me convaincre que je m'étais monté la tête pour pas grand-chose et que, le lendemain, tout serait évanoui à la manière de ces angoisses nocturnes qui vous serrent le ventre avant de disparaître quelques heures plus tard, comme par enchantement, à la faveur d'une caresse ensoleillée sur votre joue. J'éteignis l'écran, me préparai à manger et m'installai devant le programme insipide d'une émission télévisée qui glissa sur moi jusqu'à une heure avancée.

La rue était silencieuse lorsque je pénétrai dans ma chambre. Par la fenêtre, le halo d'un réverbère malade se reflétait sur le trottoir humide. Je promenai mes yeux sur le cimetière plongé dans l'obscurité. La solitude de ces corps, que la pluie n'atteignait plus, me fit froid dans le dos. Je ramenai les bras sur ma poitrine, m'étendis sur le lit. Extinction des feux. Demain est un autre jour et la nuit, paraît-il, porte conseil.

Début

Elle a quatorze ans. Une gamine encore. Penchée sur le balcon du neuvième étage, elle écoute les cris des gosses de la cité qui s'amusent à se poursuivre entre les voitures garées sur le parking. Elle se souvient que l'année dernière encore, elle courait comme eux parmi les bagnoles, qu'elle aussi s'écorchait les genoux en tombant sur le dos d'âne, qu'elle hurlait à s'en faire perdre la voix et s'en percer les tympans. Désormais, tout est différent : une jeune fille ne peut pas se présenter avec les jambes mangées d'hématomes ; une jeune fille ne se cache pas dans la tôle et le cambouis ; une jeune fille sait se tenir. Pourtant, elle n'éprouve aucune nostalgie. Elle se dit seulement qu'elle a passé un cap et qu'elle n'a pas envie d'aller jouer, de toute façon. Elle a grandi, elle le voit bien. Et dans ses yeux, et dans ceux des autres. Peut-être deviendra-t-elle mannequin, qui peut dire ? Elle adorerait ça.

Le ciel de juin est percé de rayons d'un miel éclatant qui viennent lécher son visage lisse et chauffer ses pommettes. Elle, elle est si haute, elle pourrait presque le toucher si elle le voulait, le bleu du fond, le jaune qui glisse en cascade. À l'horizon, pas un nuage. Là-bas, droit devant, se détachent le bombé du dôme du Sacré Cœur et la surprenante flèche de la Tour Eiffel. Tout autour, des habitations, des gens. Des vies. Des promesses probablement. Elle promène son regard au loin, le pose de temps à autre, caresse l'air de sa vue. Elle voyage. Loin de cet HLM, loin de ses parents qui s'injurient, loin du bruit de ses deux sœurs, loin de l'ennui des cours de comptabilité. Elle se perd, s'égare, au fil de ses pensées, de ses souvenirs, de ses espoirs. Où bon lui semble. Mais pas ici. Ailleurs. Libre.

Une brise légère pousse ses cheveux châtains en avant. Elle ferme les yeux, se laisse envahir par la sensation nouvelle d'être immortelle. Elle a le temps, elle le sait, la vie devant elle. C'est ce qu'ils lui disent tous, tu as toute la vie, sois patiente. Mais elle est pressée de savoir ce que l'avenir lui réserve. De bon, de mauvais. Non, de bon sûrement, et rien que ça. Le reste, s'il y en a, elle fera face. Elle a cette force en elle, celle de soulever les montagnes et de porter le monde à bout de bras.

Un moteur se met tout à coup à pétarader, la sortant de sa douce torpeur. En bas, une moto vient de démarrer, le destrier métallique chevauché par un jeune homme très brun. Un tee-shirt blanc illumine son teint mat, un jean bleu perfectionne une silhouette longiligne, fluide et musculeuse. Il ne porte pas de casque. Il va et vient dans la cité, de plus en plus vite, suivi maintenant par une cohorte de gamins rigolards. Il flambe un peu, conscient et fier de l'effet qu'il produit. Soudain, un cliquetis sourd de la machine, attendu par son oreille experte, entendu de lui seul, le pousse à s'arrêter sur le bas-côté, à descendre, à se pencher sous l'engin à la recherche de la pièce défectueuse. Les enfants se tiennent à distance respectueuse et font silence devant celui qui connaît la mécanique. Ils se poussent du coude pour mieux voir, en prendre de la graine : quand ils seront grands, eux aussi auront les mains noires d'huile de vidange et une moto plus rapide que le vent, l'arrogance de la jeunesse qui n'existe que pour elle-même et l'assurance de celui qui avance en terrain conquis. Quand ils seront grands, ils seront comme lui.

Ici, tout le monde le connaît. Il s'appelle Pascal. Il a grandi dans la cité, sans faire trop de vagues. Un garçon sans problème. Mais une mère trop froide, grignotée de regrets, remplie d'amertume, au schéma familial déglingué par une enfance abîmée ; un père faible mais adoré, magnifique dans ses larmes, qui aimait chahuter avec son fils sur les genoux. Des rires au début, des vilaines pointes en filigrane, des reproches, puis une séparation, inéluctable, entre ces deux-là, si différents, entre la petite femme rigide au caractère trempé d'homme et l'homme aux accents féminins et à la sensibilité exacerbée. Et la mort qui vient finalement frapper le père, seul au milieu des boîtes de conserve, mets de célibataire. Le cœur qui lâche. Le cœur qui n'en peut plus d'avoir mal et de saigner sur la femme perdue et le fiston qu'on n'accompagne plus vraiment. Alors il cesse de battre parce que ça n'en vaut plus la peine, sans bruit, sans fracas, sans esclandre. Et il laisse là, sur le bord de la route, un fils abruti de douleur, à jamais écorché par la perte d'un dieu paternel, fou à la recherche d'un coupable, assommé par la fatalité et l'impermanence des choses qu'il croyait éternelles.

Sa moto, c'est son échappatoire. Le moteur qui grogne, c'est sa colère qui s'agite. Dessus, il s'enfuit, loin de cette existence lourde, loin de cette mère aimante mais liberticide qui partage son morne quotidien, loin du gris des tours HLM et de cette saleté qui tient son âme en otage et qui l'oppresse. Grisé par la vitesse, il oublie les barrières et devient le maître de l'univers. Porté par le vent, il vole, par-dessus les feux tricolores, par dessus les têtes et les préoccupations futiles qui l'empoisonnent, par dessus, bien au-dessus du reste du monde. Quand, lancé à cent cinquante à l'heure, l'air claque sa peau, il reçoit en cadeau un instant d'éternité et il se sent indestructible. Plus loin, plus haut. Toujours. Vivre encore. Vivre quand même. Alors sa moto, forcément, il y tient comme à la prunelle de ses yeux. Et tant pis si ça agresse les ouïes fragiles et à l'affût du moindre mouvement de poussière des vieux qui habitent ici. Et tant pis si ça angoisse sa mère. Et tant pis si certains trouvent ça puéril. Et tant pis, tant pis pour eux s'ils ne comprennent pas : eux ne connaîtront jamais ce formidable élan qui le rend, lui, invincible, pour un temps au moins.

Perchée au neuvième, elle l'observe et le trouve beau. Évidemment, elle le connaît comme tout le monde, le brun de la tour d'en face, elle l'a déjà vu auparavant, l'a croisé au détour d'un immeuble, dans un recoin tandis qu'il promenait son chien et qu'elle promenait le sien. Pourtant elle n'est pas certaine que lui ait déjà remarqué sa présence. Il n'a jamais été comme eux, il ne s'est jamais vraiment mélangé aux autres mioches du quartier, n'a jamais cavalé sur le bitume sale ni passé une soirée assis sur le banc de la cour à fumer en attendant que la nuit daigne envelopper d'obscurité les bâtiments massifs, déjà vétustes, presque neufs cependant. Il devait avoir mieux à faire.

Elle regarde, pensive, la grappe de petits rêveurs subjugués qui s'accrochent à ses basques. Ça l'impressionne. Elle aime l'attitude qu'il prend. Elle admire sa moto et la façon qu'il a de la contrôler, la posture de ses bras, la position de ses épaules, le tombé de sa nuque. Ce n'est pas la première fois qu'un garçon lui plaît, c'est la deuxième à vrai dire. Mais là, c'est différent, c'est plus fort.

Sa petite sœur l'appelle, elle voudrait qu'elle l'accompagne chez l'épicier acheter quelques provisions. Elle, naturellement, n'entend pas, fascinée par le beau jeune homme brun au tee-shirt blanc.

—Pascale ? Pascale ? Dis, tu viens avec moi ?

Le buste courbé par-dessus la rambarde et les yeux rivés vers le bas, elle s'imagine qu'il l'enlève sur sa moto rouge. Tous deux affronteraient alors le vent, à mille à l'heure sur l'autoroute, lui devant, elle derrière, ses bras enserrant le dos voûté du jeune homme, sa tête délicatement posée sur le tissu de son habit. Et elle serrerait, serrerait si fort qu'elle sentirait leurs deux cœurs battre l'un contre l'autre, à l'unisson. Elle se dit qu'ils auraient fière allure.

—Bon, Pascale, tu viens oui ou non ?

Béatrice, la petite sœur, s'impatiente devant le silence de sa frangine. Elle s'approche d'elle, à petits pas toutefois, comme pour ne pas la déranger. L'autre ne s'aperçoit de sa présence qu'au moment où celle-ci parvient à sa hauteur.

—Qu'est-ce que tu regardes comme ça ?

D'un hochement de tête, Pascale lui désigne l'objet de toutes ses attentions, le beau jeune homme, la moto rouge et la colonie de mioches excités tout autour. À son tour, Béatrice se penche.

—Laisse tomber ! Non, mais tu sais au moins quel âge il a ?

Pascale s'en fiche. Elle sait bien qu'il a sept ans de plus qu'elle. 14 ans, 21 ans, qu'est-ce que ça peut faire ? L'amour n'a pas d'âge et un écart grand comme l'univers ne devrait jamais être une raison suffisante pour ne pas s'aimer. Elle hausse les épaules : Béatrice n'a que douze ans, il n'y a pas lieu de s'étonner qu'elle ne comprenne pas ; ce n'est pas de son âge, à elle qui avale des graines de tournesol à longueur de temps, à la manière d'un petit moineau.

À regret, Pascale quitte son poste d'observation pendant que le jeune homme est encore occupé à trifouiller le moteur de son deux-roues. Secrètement, elle espère qu'il sera encore là lorsqu'elles arriveront en bas et que, juste au moment où elles descendront l'escalier, il lèvera la tête et la verra, seule entre tous. Leurs regards se croiseront alors. Et il saura. Et elle saura. Et la magie s'opèrera. Et plus rien d'autre n'existera. Et plus rien ne sera comme avant.

Sur le palier, des dizaines de paires de chaussures sont placées en rang d'oignons, attendant patiemment que quelqu'un daigne les utiliser. L'une des jeunes filles s'empare en gloussant d'une paire de sandales marron pendant que l'autre prend le temps de chercher celle qui siéra le mieux à sa robe verte.

L'ascenseur. Neuf étages, c'est long, surtout lorsque le ventre se tord à l'idée qu'il ne soit plus là, surtout lorsque le ventre fait des bonds à l'idée de se retrouver bientôt face à lui. Et puis il s'arrête, une fois au sixième, une autre au quatrième, pour qu'y montent des êtres que les deux filles connaissent depuis toujours, des êtres familiers, si gris, inodores et sans saveur, des êtres amollis par le quotidien, fondus par le manque d'espérance comme des bougies dégoulinantes de cire et qui, doucement, sous la pression de la chaleur, s'affaissent, coulent et disparaissent. Pour ne pas croiser les regards gênés par tant de promiscuité, elles observent les parois orange de la cabine, le sol métallique et antidérapant, les portes des étages qui défilent de haut en bas. Tout, mais pas leurs yeux. Par leur mine réprobatrice. Pas leur air déconfit et triste à pleurer. Pas maintenant.

Il faut dire qu'elles n'ont pas très bonne réputation dans la cité, les trois frangines. Parce qu'elles traînent dehors. Le verbe, hein, pas le nom. Mais certains n'entendent rien à la grammaire. Ou ce qu'ils veulent. Alors ils confondent, traînent, traînées. Trois grandes planches à pain séparées par quelques mois à peine et qui se ressemblent comme trois photocopies. Qui font quelques conneries aussi. Qui se font un peu remarquer. Quoique pour l'aînée, Catherine, les choses commencent à s'arranger puisqu'elle apprend la sténographie. Un métier sérieux, un avenir tracé. Enfin, elle a quinze ans, alors l'avenir tracé, rangé, c'est pas sûr non plus, évidemment. Mais ça y ressemble. Béatrice, la benjamine, a les genoux cagneux et les cheveux trop gras, trop longs. Maladroite, en retrait, elle semble s'excuser d'exister. Ses complexes, elle les cache derrière des tenues sombres et amples. En secret, elle jalouse l'exubérance affichée de sa grande sœur du milieu, Pascale, sa façon de ne pas s'en faire, de toujours se mettre en valeur, en parlant plus clair et plus haut que les autres. Et son sens inné de la coquetterie, lorsqu'elle se pare de dentelles et de vêtements aux formes et aux couleurs improbables. Sa façon d'avancer, tout droit, et de faire fi du reste du monde. Elle est comme ça, Pascale, sûre d'elle, parfois sans-gêne, consciente de ses attraits et bien décidée à enfoncer les portes qui lui résisteront. Ca l'agace, la petite, car elle sait bien qu'elle aura beau essayer, elle n'atteindra jamais la même saveur. Et elle pense que c'est dur d'être la plus jeune. Et Pascale se dit souvent que la place du milieu est bien ingrate. Et Catherine, l'aînée, sent qu'elle porte le lourd poids de son statut, que la tâche de prendre le relai les jours où les parents se tapent trop fort dessus, les fois où les litres de bière embuent jusqu'à l'amour qu'ils portent à leurs enfants est un fardeau de martyr. Et la fratrie de petites nanas se soutient, avance cahin-caha main dans la main dans l'existence, accompagnée d'une kyrielle de casseroles en faisant ce qu'elle peut.

Elles ne disent pas un mot. Pascale est dans les nuages, Béatrice se concentre déjà pour ne rien oublier des commissions et ne pas se faire engueuler, encore. L'ascenseur s'immobilise au rez-de-chaussée. Ainsi que le cœur, dans la poitrine de Pascale. Sera-t-il là ? Il le faut.

Il est là, installé sur la machine qu'il s'apprête à redémarrer. Il est bel et bien là, beau comme une apparition, le tee-shirt blanc souillé par endroits. Et elle, la respiration coupée, elle ne fait plus un pas, sa robe verte virevoltant tranquillement autour de ses cuisses maigrichonnes, ses cheveux encerclant sa tête comme une couronne. Alors il lève la tête et, parce que c'était écrit sans doute, ses yeux rencontrent ceux de la jolie gamine. Cela ne dure que quelques secondes, un instant de rien du tout, une poussière. Pourtant, cela prend le temps de se graver profondément en eux, de transpercer leur être de part en part. Rayons lumineux sur l'asphalte, jets de lumière qui partent des ventres, se rejoignent en crevant le ciel et retombent sur les gravillons du bitume, éclaboussant au passage les terrasses des immeubles incolores, les fenêtres des appartements serrées comme des cages à lapins, les câbles à haute tension, les carrosseries des voitures, les marquages blancs, les épaules lourdes des habitants du quartier, les casques de chantier des ouvriers qui creusent le tunnel du métropolitain jusque par ici. Et ça en met partout, des pépites d'espoir qui brillent. Et ça pénètre dans tous les coins, dans les tuiles des toits, les interstices des planchers, sous les vêtements, dans les chaussures, par chaque pore de chaque peau. Ça illumine les pupilles ternes et le bout des doigts de points d'or. Ça embellit un peu la banlieue fade, le plomb du chemin.

—Bon, Pascale, tu viens maintenant ?, souffle Béatrice en tirant son aînée par le bras.

La jeune fille sourit, le jeune homme aussi. Elle s'échappe, légère dans la brise, gracieuse, dévalant la pente de ses pieds menus. Elle vole. Lui reste cloué sur place, tout ébahi de ce qui vient de lui tomber dessus.

C'est une histoire ordinaire.

3

Un rai de lumière vint se nicher sur mes paupières. Elles s'ouvrirent. Tout était à sa place, la même que la veille au soir. Rien n'avait bougé. J'étais dans mon lit, dans ma chambre. Au-dessus de moi, les voix nerveuses de mes voisins traversaient le plafond. Comme toujours, ni plus ni moins. Un matin banal. Un matin banal pour un réveil anormal.

Je restai un long moment étendue sur le lit, la tête encore pleine des images du songe que je venais de vivre. Sans volonté de me lever, je ne cessai de ressasser : les visages de ces gens, ravagés par la douleur et les années, se superposaient aux traits sereins et encore vigoureux qu'il m'avait été donné de voir cette nuit-là. Les années qui défilent, l'alourdissement des corps, l'épaississement des cœurs. J'allais et venais entre les prémices, magiques, d'une histoire d'amour et son dénouement tragique. J'avais ouvert un livre, entrevu la fin, parcouru le début et me trouvais maintenant coincée entre-deux. Je pressentis la place, immense, que cette affaire allait prendre dans ma vie. J'aurais voulu qu'il en soit autrement.

Pour autant, je doutais encore : je savais les possibilités de création de l'esprit infinies. Peut-être, après tout, s'agissait-il d'un rêve ordinaire, porté par cette allumée d'Aphasie et par une passion pour la mort devenue trop dévorante, une façon incongrue pour mon inconscient de me prévenir : attention, ça va trop loin, écoute ta mère.

La sonnerie du téléphone retentit. Je me levai en rechignant :

—Allo ?

—Allo ? Héloïse ? C'est maman. Je ne te réveille pas au moins ?

—Euh...

—Tu as vu le temps magnifique qu'il fait dehors ? J'imagine que tu es pleine de projets...

—Pas vraiment, je ne sais pas, je vais voir ça...

—Et pour le boulot, tes recherches avancent ? Tu as un entretien bientôt ?

—Non, maman, je...

—Écoute Héloïse, il faut que tu te secoues. Tu as envoyé des CV? Tu as sollicité le frère de ma collègue comme je te l'avais conseillé ? Tu regardes les offres d'emploi? Parfois, tu sais, il suffit d'aller à la boulangerie pour trouver du travail, il y a toujours des petites annonces punaisées près de la caisse...

—Bon, tu m'appelais pourquoi ?

—Juste pour prendre de tes nouvelles. Ce n'est pas un crime tout de même.

—Bien. Alors tout va bien. Merci.

—Et pour ce dont nous avons parlé la dernière fois que nous nous sommes vues, tu sais, le psy . Tu as pu prendre un premier contact ?

—Pas essayé.

—Et quand comptes-tu le faire s'il-te-plaît ?

—Bientôt.

—Non, parce qu'on ne peut pas dire que tu sois très occupée ces temps-ci ma chérie...

—Il faut que je raccroche maman.

—Tu veux que je passe te voir en fin d'après-midi ? Nous pourrions discuter un peu. Ca te changerait de sortir. Loin de ton cimetière je veux dire.

—Je sais très bien ce que tu veux dire. D'ailleurs,

...

—Quoi donc ?

—... Non, rien. Je te laisse.

—Et pour tout à l'heure ? Tu ne m'as pas répondu...

—Je ne préfère pas qu'on prévoie quoi que ce soit si ça ne t'ennuie pas. Je n'ai pas vraiment la tête à ça.

—Comme d'habitude.

—Je raccroche. Ne t'inquiète pas, je te rappellerai très vite.

Sans attendre sa réponse, je reposai le combiné.

Ma mère n'avait jamais été femme à se soucier du bien-être d'autrui. Au contraire, elle était de ceux qui se persuadaient que la meilleure façon de vivre était la leur, que les choix qu'ils avaient eux-mêmes effectués, ou avaient été amenés à effectuer, étaient de loin les plus malins possible. Plus les années passaient, plus je ressentais le poids de ses envies et plus la différence de point de vue se creusait entre nous. La conversation de ce jour-là ne dérogeait pas à la règle. Comment, de toute façon, me confier à elle ? Comment lui dire que je rêvais de défunts et que j'avais rencontré une femme aux pouvoirs étranges et hypnotiques ? Elle aurait, pour sûr, appeler le psychiatre à ma place et m'aurait trouvé, dans la minute qui aurait suivi, une demi-douzaine de collègues, connaissances, voisins, à qui semblable mésaventure était arrivée et qui, quelques années plus tard, s'en étaient très bien tirés, si si je t'assure, il y a de très bons médecins, ils sont compétents et tout à fait habitués à ce genre de délire.

Je n'étais, pour ma part, pas d'humeur à me bagarrer sur ce terrain : j'avais mieux à faire que de convaincre ma mère que je n'étais atteinte d'aucune pathologie, du moins telle qu'elle l'entendait.

Je me servis un café fumant et m'installai devant l'ordinateur afin d'interroger mes messages. La salve de mails envoyés la veille au soir avait porté ses fruits : cinq réponses m'étaient parvenues. Les quatre premières n'apportaient rien, des politesses, des formules consacrées pour m'informer que non, qu'ils étaient désolés, qu'ils n'avaient jamais entendu parler d'aucune Aphasie, qu'ils se renseigneraient quand même, qu'ils me souhaitaient bonne chance, que si quelque chose leur revenait, ils n'hésiteraient pas. La cinquième, quant à elle, ne s'embarrassait d'aucun mot inutile. Bien moins prolixe que les autres, elle m'enthousiasma pourtant. À la question, simple : « Connaissez-vous une Aphasie Marny de Chavet ? », répondait une affirmation sans fioriture : « Oui, appelez à ce numéro. Candice. » S'ensuivait un numéro de téléphone portable. Le cœur battant, je me jetai sur le téléphone avant de raccrocher, minable. Pas encore, me repris-je, j'ai besoin d'être sûre. Et j'étais convaincue que le temps viendrait bien assez tôt. Je manquais surtout de courage. Je notai le numéro et le posai près du téléphone.

À nouveau, je pianotai sur mon ordinateur le nom de Fanny Loup à la recherche d'images, de photographies prises sur le vif qui seraient passées inaperçues dans l'éreintement de la nuit précédente. Bien m'en prit : un cliché que, pour d'obscures raisons, je n'avais pas vu, montrait Fanny Loup de profil, un profil qui ressemblait beaucoup à celui de l'homme à la moto de mon rêve. De plus, l'attitude rappelait, à s'y méprendre, celle de la jeune femme du balcon. Aucun doute n'était possible, cette femme était un morceau d'elle, un morceau de lui. Or, je n'avais jamais rencontré ces gens qui étaient pour moi des inconnus au milieu d'autres inconnus. Le profil de cette femme était donc une preuve irréfutable que ce rêve n'était pas une création de mon cerveau.

« Les rêves paraissent si réels que c'est à se demander si ce ne sont pas plutôt des voyages dans le temps. La réalité et les songes s'entremêlent. Vous ne savez plus rien, vous perdez vos repères. Au début, vous pensez que vous êtes bénie, que ce pouvoir, car c'en est un, est un pouvoir d'élu. Puis, très vite, vous réalisez que vous êtes en fait condamnée, condamnée et maudite. »

Les paroles d'Aphasie résonnaient en moi. À la lumière de ce que j'expérimentais, ces mots, qu'elle avait prononcés à la manière d'une sentence, me glacèrent d'effroi. Naturellement, pour l'heure, je ne voyais aucune malédiction dans ce don formidable mais il suffisait que je me souvienne de l'apparence lamentable de cette femme, de son regard perdu et de sa demande désespérée pour me convaincre qu'elle n'avait pas menti, que sa destruction n'était pas feinte. Mes yeux se posèrent à nouveau sur la jeune femme fixée sur l'écran avant de se remplir de larmes silencieuses et incontrôlables.

Un peu plus tard, je me rendis au cimetière, sur la sépulture de Pascal Loup d'abord, sur celle d'Émile Torence ensuite auprès de laquelle je cherchai sans succès les photographies, près du banc sur lequel j'avais rencontré Aphasie. Une promenade aux allures de pèlerinage. Pour comprendre, pour savoir. Une promenade vaine. Une promenade qui me faisait voir, s'il en était besoin, à quel point le monde se foutait des tumultes qui me secouaient, à quel point les morts, dans leur immense majorité, étaient silencieux, à quel point je m'étais, peut-être, fourvoyée. Je me mis à douter, encore, et rentrai chez moi, bredouille, oscillant entre foi et incertitude à la manière d'un culbuto balancé entre deux gamins.

La journée passa vite. Perdue dans mes pensées, je réalisai tard que la lumière baissait et que le jour déclinait. Le bilan était simple : je n'avais rien fait d'autre que d'errer dans cette histoire lugubre. Oui. Non. Mensonge. Vérité. Invention. Réalité.

La nuit fut bientôt totale. Les phares rouges des voitures éclairaient mon salon par intermittence. Je m'allongeai sur mon canapé, espérant faire venir le sommeil et, dans son sillage, le fantôme de Pascal Loup. Après quelques minutes qui parurent durer des siècles de tergiversations, de mouvements agacés et de délires insomniaques, je sentis la nuit prendre possession de moi et m'embarquer.

Ça continue

Pascale n'en revient pas. Ce soir, les aléas du quotidien n'atteignent pas la sphère dans laquelle elle évolue depuis qu'il a posé les yeux sur elle. C'est à peine si elle entend ses parents en venir aux mains, son père menacer de jeter sa mère par la fenêtre, les cris de Béatrice qui supplie, le ton vindicatif de Catherine qui leur ordonne d'arrêter leur bordel, pour l'amour de Dieu. C'est à peine si elle remarque que, le calme revenu, la petite sœur n'est pas dans sa chambre parce qu'elle campe au pied du lit des parents qui dessoûlent en ronflant. C'est à peine si elle perçoit les sanglots de la grande sœur, épuisée de ne jamais réussir à protéger ses frangines de cet affligeant spectacle qui se joue, tous les soirs, à guichets fermés. Pour tout dire, elle s'en fout. Tout au plus se dit-elle que les parents ont raté leur tour, qu'ils n'ont pas pris le bon chemin, qu'ils se sont perdus en route. Tant pis. Pourtant la mère, elle était si belle avant. Si belle qu'on la comparait volontiers à Catherine Deneuve. Si belle avant de rencontrer ce petit homme jaloux et possessif. Si belle avant qu'il ne l'engrosse, comme pour mieux la garder, trois fois coup sur coup puis d'autres fois aussi, des fois dont on ne parle pas en public. Si belle avant son énième fausse couche. Si belle avant qu'un médecin compatissant n'ampute la jeune et jolie maman éreintée de cet organe de femme. Si belle avant tout ça, avant que le désamour, les remords, les regrets et la haine de la vie et de tout ce qui gravite autour ne la fassent devenir plus que l'ombre d'elle-même. Si belle avant la bière et le vin bon marché. C'est dommage.

Pascale se retourne dans son lit. Elle pense à lui et rejoue la scène magique de la fin d'après-midi des dizaines de fois dans sa tête, si bien que les contours du visage adoré finissent par s'estomper. Plus elle y pense, plus elle oublie. Plus elle oublie, plus elle brode. Elle s'est trouvée bête. Elle aurait dû. N'aurait pas dû. Il doit penser qu'elle est idiote. Et sa robe verte, un peu trop verte. Il doit avoir envie de se moquer, c'est sûr.

Pascal, lui, en est encore tout ébaubi. Dans l'obscurité profonde de sa chambre, pris dans les méandres de ses souvenirs, il revoit la jeune fille longue, ses jambes fuselées, sa taille fine prise dans une robe dont il adore déjà chacun des plis. Allongé sur son lit, les bras passés derrière sa tête, il garde les yeux ouverts. Un mince fil de lumière traverse la pièce. C'est l'extérieur qui se fraie un passage et vient s'allonger près de lui, sur des draps qu'il n'a pas pris la peine de défaire. De l'autre côté de l'appartement, sa mère dort. Silence. Un silence qui le berce et le contraint tout à la fois. Un silence qu'il ne supporte plus qu'à moitié. Un silence qui l'emmure, qui l'englue. Quand tout son corps à lui, toute son âme, tout son être ne rêvent que de danser, de rire, de vivre. Aussi, bientôt, il n'y tient plus : il se lève, repousse le rideau de sa fenêtre et contemple le bâtiment d'en face, celui qui abrite la jolie jeune fille qu'il connaît depuis toujours. La petite fille d'avant. La femme de demain. Et aujourd'hui, le bouton qui fleurit et qu'il a vraiment vue pour la première fois il y a quelques heures seulement. Pourtant, il l'aurait juré, ce matin était un matin comme n'importe quel autre matin. Rien ne laissait présager que cette journée allait tout changer.

Ses yeux clairs passent d'un étage à l'autre, tentent de percer les filtres des vitres et de la nuit pour deviner les murs qui la protègent, le mobilier qui l'accompagne, la forme de son corps ensommeillé sur le matelas qu'il envie. Et l'apercevoir, rien qu'un peu, rien qu'un instant. Et prolonger l'enchantement. Il se dit que la nuit est splendide, qu'il en a de la chance.

L'une après l'autre, les dernières lampes s'éteignent. Peu à peu, le grand immeuble s'efface, n'est plus qu'une ombre. La lune immaculée plantée dans l'ébène du ciel reflète son disque argent sur le verre des carreaux. Quelques étoiles éparses scintillent. La vie, de ce côté-là de la rue, est pour l'heure en suspension : chacun oublie ses tracas dans la douceur du coton ou de la soie, dans l'odeur familière de l'adoucissant. Les yeux se ferment, les corps s'amollissent, les têtes s'emplissent de créatures enchanteresses ou maléfiques, d'aventures stupéfiantes et formidables ; on enfile ses ailes et on s'élance ; on aperçoit celui ou celle qui nous a quittés, et que l'on aimait ; on revoit un pan d'enfance que l'on croyait perdu, un lieu, une fête de Noël ; les anorexiques avalent des montagnes de pains au chocolat tandis que les diabétiques retrouvent la jambe amputée. Les angoissés se tiennent à moitié nus devant une assemblée et les timides sont acclamés par un parterre de fans en délire ; les amoureux, enfin, se rêvent l'un à l'autre. Ainsi, Pascal et Pascale s'appartiennent, à quelques mètres de distance, sans le savoir. Entre les fenêtres de leur chambre, une corde invisible a été tendue : dessus, un funambule acrobate danse et tournoie, se jouant de l'attraction terrestre, sous le regard bienveillant de l'astre de nuit.

4

Un énorme bruit m'éveilla en sursaut. Un objet lourd avait dû tomber chez mes voisins. Le décodeur de la télévision indiquait 1h30.

Mon rêve était peuplé des mêmes personnages. Plus les jours, les nuits passaient et plus j'avais le sentiment de les connaître intimement. Que je devenais une partie d'eux, qu'ils devenaient une partie de moi. Je devais mettre cela au clair, savoir, au moins qui était cette Aphasie. Le moment était venu. Je ne pouvais plus croire que mon esprit me jouait un si mauvais tour : les songes étaient trop réels, les émotions trop intenses, les coïncidences trop grandes pour qu'il ne s'agisse que de pirouettes de mon inconscient.

Cette nuit-là, je me levai avec empressement et je saisis le téléphone. Je déchiffrai avec peine les numéros écrits au crayon et plissai les yeux pour mieux y voir. Bientôt, une tonalité se fit entendre. Puis deux. Puis trois. Je m'apprêtai à raccrocher, qu'attendais-je au juste à cette heure, quand, tout à coup, quelqu'un, à l'autre bout du fil, décrocha:

—Allo ? Candice ?

Une voix pâteuse me répondit :

—Oui ? C'est moi. Qui c'est ?

Elle semblait jeune. Mon appel tardif devait lui paraître au mieux surprenant, au pire d'une incroyable impolitesse.

—Je suis désolée de vous déranger. Je sais qu'il est tard et que je ne devrais pas vous appeler à cette heure-ci. Je suis Héloïse. Celle qui vous a contacté au sujet d'Aphasie Marny de Chavet. Je peux vous rappeler à un autre moment si vous préférez.

Un profond silence accompagna mes paroles. Je ne savais plus où me mettre. À mesure que les secondes s'égrenaient, je souhaitais de plus en plus fort plonger ma tête dans un coussin et n'en sortir qu'à la fin des temps. Soudain, la voix, à l'autre bout du fil, devint plus claire, plus aiguisée :

—Vous avez bien fait. Mais je ne peux pas vous parler maintenant, mes parents risqueraient de nous entendre et de me prendre le portable. Ils n'aiment pas quand je parle d'elle. Vous pouvez me rappeler demain ? Demain à 14h ? Je m'arrangerai pour être seule. Comme ça on pourra discuter.

Une voix masculine vibra en sourdine derrière la voix de Candice, une voix en colère :

—Candice, à qui tu parles à cette heure ?

Nerveuse, Candice coupa court :

—Merde, c'est mon père. Faut que je vous laisse. Demain, 14h, n'oubliez pas.

Je n'eus pas le temps de répondre par l'affirmative. Candice avait déjà raccroché.

L'attente, jusque-là, allait être longue. Je pris au hasard l'un des nombreux livres qui peuplaient ma bibliothèque et en entrepris la lecture. Je ne compris rien à ce que je lisais, les phrases venant se heurter contre mes idées parasites, m'obligeant à repasser sur chaque proposition des dizaines de fois. J'abandonnai et allumai la télévision que je regardai à peine, créant de toute pièce une hypothétique conversation que j'aurai en début d'après-midi avec la jeune Candice. Le soleil filtrait déjà à travers mes doubles rideaux lorsque mes paupières, irrésistiblement, commencèrent à tomber. Je me laissai porter avec délectation, certaine que, là où je me rendais, les deux amoureux m'accueilleraient.

Le rendez-vous manqué

Voilà six jours qu'ils ne se sont pas revus.

Six jours donc qu'il n'a pas vu Pascale, six jours qu'il la guette, le matin, le soir. Six jours qu'il mange moins au point que sa mère lui demande sans cesse s'il n'est pas malade. Six jours que ses potes essaient de lui tirer les vers du nez. Six jours que tout l'ennuie et que sa tête est pleine de son image, de sa robe, de cet instant où tout a basculé.

Six jours qu'elle assiste à ses cours de comptabilité en rêvant à sa peau brune, à son regard vert qui vous transperce, à sa moto. Six jours qu'elle aligne des chiffres et qu'elle n'y comprend rien. Six jours qu'elle rentre chez elle et qu'elle espère le croiser, six jours qu'elle se porte volontaire pour sortir la chienne perchée sur des talons, six jours qu'elle se dit qu'elle a dû rêver et que, pour se convaincre du contraire, elle harcèle sa petite sœur. Non mais tu l'as vu toi aussi, pas vrai ? Il m'a regardée, hein ? Il avait l'air de me trouver jolie, non ? À la télévision, comme si de rien n'était, Claude François se déhanche entourée de ses sculpturales Clodettes pendant que Sheila supplie *Love me baby* en short moulant violet à paillettes avec ses B. Devotion.

Lui travaille dans un garage, à l'autre bout de la

ville, en attendant de passer des concours administratifs. Il aime ce qu'il fait, ce contact avec le métal froid des pièces, ces moteurs qui tournent et qui font trembler les maigres cloisons de l'entrepôt, ces gens qui viennent lui demander son avis, à lui, le petit gars de la cité qui en connaît un rayon question mécanique. Certains soirs, il retrouve sa bande d'amis au bistrot, au Brazza, Michel, Picot, Luc, Maurice. Ensemble, ils refont le monde en enchaînant les parties de flipper. Ils tapent sur la pauvre machine encrassée de tabac qui s'allume comme on tousse, crachant des tilts à la manière d'un tuberculeux. Le bruit de la bille qui roule, des chiffres qui défilent au compteur, des parties qui claquent. De temps à autre, l'un d'entre eux va insérer quelques pièces dans le jukebox du troquet. Résonnent alors, mais pas trop fort, la voix cassée de Murray Head et les premiers accords de *Say it ain't so, Joe.* On fume et ça sent la clope, sur les blousons en cuir, dans les cheveux que certains portent aux épaules, dans les cendriers bourrés de tabac froid. Et le propriétaire du bar qui essuie des verres, sert des demis pression, des cafés, des ballons de rouge, des pastis, inlassablement, et qui voit le monde défiler derrière son zinc, toujours le même monde, toujours le même zinc. Au fond du bistrot, un coin sombre et enfumé est réservé aux joueurs du PMU. Là, dans une lucarne à peine plus grande qu'un écran de télévision, une femme vend, valide et rembourse des tickets de course de chevaux. De 7h30 à 13h30, les hommes défilent. La plupart sont des habitués : ils la saluent bruyamment, se plaisent souvent à la taquiner. Parfois, lorsque la file est moins longue, elle leur accorde un peu de temps, histoire de bavarder. Beaucoup se livrent. On n'imagine pas tout ce qui peut se dire dans ces recoins de bar-tabac, ces existences qui se décident, qui se dévoilent et qui se défont. Cette femme plantureuse du fond du bar, c'est Micheline, la mère de Pascale. Sa grande gueule, ici, tout le monde la connaît. Ce café, c'est un peu son fief. Elle appelle les clients par leur prénom, ne donne du « Monsieur » que lorsque la tête est nouvelle et ne se laisse jamais démonter. Ici, elle est appréciée ; c'est une reine.

Pascal sait que la mère de sa dulcinée travaille là

mais il ne l'y voit jamais car il n'arrive habituellement au café qu'en fin de journée, quand le temps des paris est passé. Pourtant, aujourd'hui, c'est différent : on est samedi et son patron n'a pas vraiment besoin de lui. Alors, à dix heures, il lui donne congé. Tout guilleret, nourrissant l'espoir un peu fou de s'approcher de la fille par la mère, il rentre au Brazza. Il commande un café puis s'assied seul, à une table stratégique : de là où il est, il peut observer le petit guichet sans en avoir l'air. Pensif, il regarde le manège des hommes qui font la queue. Il les trouve vaguement pathétiques, ces bonshommes qui attendent avec leurs tickets mal remplis que la fortune vienne les cueillir. Il entend les éclats de voix de la Micheline, qui rit à gorge déployée sur fond de verres qui s'entrechoquent et de clients qui marmonnent. Lassé, il tourne la tête vers la longue baie vitrée qui laisse passer un soleil blanc.

Soudain, la voilà. Une surprise. La gamine longue. La voilà. Avec ses deux sœurs. La voilà. Un panier en osier à la main. Sur le trottoir, devant l'entrée du bistrot, la voilà. La voilà et le reste peut bien s'effondrer, le décor tout autour, les personnages, le ciel. La voilà et il panique, coincé entre l'envie de se lever, d'aller à sa rencontre, quitte à la serrer fort dans ses bras, de se noyer dans l'odeur de ses cheveux, et celle d'être invisible, de voir sans être vu, de dire non, non c'était pas moi, j'étais pas là. Il se raisonne, allez, elle n'a que 14 ans. Mais rien n'y fait, il perd ses moyens, tel un petit garçon.

Le serveur lui apporte son café. La soucoupe résonne avant que la tasse ne vienne s'appuyer dessus bruyamment et lui apporter le coup de grâce. Le cendrier en plastique vibre au contact brutal de la table pendant quelques millièmes de seconde, tout comme la coupelle rouge sur laquelle il a disposé le ticket de caisse. Pendant ce temps, les trois jeunes filles entrent et se faufilent comme des anguilles à travers les tables. Lui n'en perd rien, incapable de détourner les yeux, hypnotisé, le cœur au bord de la rupture. Elles se dirigent vers le fond, vers leur mère. Elles s'approchent de Pascal. Sans un regard, Béatrice et Catherine dépassent la table à laquelle il est installé. Mais elle, elle l'a vu. Et elle a vu qu'il l'avait vue.

Elle en tremble. Le regard qu'elle lui lance, le sourire qu'elle lui adresse, le geste qu'elle amorce, tout n'est que frémissements. Elle s'approche. Il se lève. Ils bredouillent. Bonjour, bonjour. Je... Tu... Tu... Je...Voilà, je...

Elle n'ose pas croiser son regard, peur sans doute qu'il en perçoive trop, des sentiments, des désirs brûlants. Elle préfère baisser la tête, regarder de biais le beau jeune homme qui se tient devant elle, pour elle, rien que pour elle. Elle plie légèrement le genou gauche, met la main droite derrière le dos, se cherche une contenance. L'incandescence de ses tempes lui fait honte. Elle donnerait tout pour ne pas rougir, tout pour qu'il la prenne au sérieux, tout pour avoir 20 ans. Lui sent bien qu'il va devoir faire un pas afin de lui signifier ses intentions tout en prenant garde de ne pas l'effaroucher. Il sait qu'il est bien plus vieux, que ce n'est encore qu'une gamine, il sait tout ça. Il sait aussi ce que certains vont en dire. Il le sait mais il s'en fout parce qu'à cet instant précis, cette gosse, c'est toute sa vie. Il se racle la gorge, prend une longue inspiration et, lentement, lui demande si elle veut boire quelque chose. Elle ne peut réprimer un timide sourire. Elle s'apprête à répondre que oui, oui évidemment, quand les deux sœurs qui s'étaient éloignées reviennent en sens inverse et l'alpaguent.

—C'est bon, maman nous a donné la liste. On y va vite fait, dit la plus âgée.

—Oui, oui on se dépêche, ajoute la plus jeune, comme ça après on est tranquilles.

Catherine semble soudain s'apercevoir de la présence de Pascal qu'elle salue avec réserve, mimée par Béatrice. Pascale ne bouge pas d'un pouce, poussant sa grande sœur à déclamer :

—Maman dit que toi aussi tu dois venir avec nous. Elle a dit « vous y allez toutes les trois », et elle a bien insisté.

Pascale regarde Pascal, puis plus loin. Au fond de la salle, elle voit des hommes voûtés et, plus loin encore, elle voit sa mère immobile et, sur le visage de la mère impassible, des yeux qui la fixent et qui ne souffrent aucune contestation. Alors elle répond, désolée, la prochaine fois peut-être, la prochaine fois sûrement. Et elle espère, attends-moi, au moins jusqu'à ce qu'on essaie. Attends-moi et après tu verras. Mais, s'il-te-plaît, attends-moi.

Micheline observe sa fille de loin. Elle attrape machinalement les tickets que lui tendent les parieurs mais elle n'y est pas ; c'est le manège du grand dadais et de la bécasse qu'elle suit. Et elle n'est pas née de la dernière pluie la Micheline : elle comprend ce qui se trame en regardant son air à elle, son dos à lui. Que sa fille s'amourache d'un homme, ça la turlupine. Qu'un homme, un vrai, pose les yeux sur sa petite, ça l'agace. Qu'un jour, il décide de l'embarquer, ça l'angoisse terriblement. À dire vrai, elle a une trouille pas possible que l'une de ses filles prenne le large. Et elle se méfie des hommes comme de la peste. Alors protéger sa fille, protéger son bébé contre les mâles imbéciles et contre la souffrance qui, bien souvent, va avec. Faire que ses filles n'aient pas la même vie qu'elle, faire que ses filles aient une vie, elles. Ce n'est que lorsqu'elle voit ses trois enfants sortir du bar et le jeune homme se rasseoir que son regard change enfin de direction pour se poser de nouveau sur les faces lacérées de ridules d'abattement des joueurs du PMU. Salut Micheline, ça va ? Ça va, Jacky, ça va. Ça te fera 9 francs 50.

Pascale est à la traîne : elle suit bon an mal an ses frangines, la tête lourde sur son cou trop délicat. Ses yeux s'embuent de larmes de frustration. Elle vient de comprendre que cette histoire ne sera pas de tout repos, que sa mère n'acceptera pas, qu'elle devra choisir, à un moment ou un autre. Alors elle lui en veut, à cette malheureuse mère, de vouloir la contraindre dans un carcan identique au sien. Et elle en veut à ses sœurs qui se marrent en traversant la route et qui paraissent se foutre d'elle. Elle pourrait courir le rejoindre tout de suite si elle le voulait, et planter là tout ce petit monde. Elle boude.

Pascal est seul devant son café froid. Le sucre qu'il vient de verser dedans peine à fondre. La cuillère se bat contre les grains du fond de la tasse. Il ne cesse de penser à elle. Il se retourne, observe la mère en catimini qui sourit maintenant à pleines dents. Il n'est pas bête, il a bien compris le message qu'elle a voulu lui faire passer, trop vieux, trop vieux pour elle, pour eux. Cette histoire ne sera pas une sinécure. Il lance une pièce de 10 francs dans la coupelle et part, sans même prendre la peine d'attendre sa monnaie. Dehors, le soleil craintif retient ses rayons derrière des nuages gris qui lui passent mollement devant. Un vent à peine perceptible rafraichit l'air déjà étouffant de ce premier samedi d'été. Les mains enfoncées dans les poches de son blue-jeans, Pascal, préoccupé, marche. Trottoir, avenue, route, trottoir, rue, cité, trottoir, escaliers, ascenseur, porte, clé dans la serrure.

Sa mère est assise sur le canapé. Elle tricote, une maille à l'envers, une maille à l'endroit. Les aiguilles dansent sous l'impulsion des doigts agiles tandis que la pelote de laine agonise aux pieds de l'ouvrière. Penchée sur son ouvrage, Suzanne relève à peine la tête.

—Tiens, c'est toi, lui dit-elle, mi-question, mi-assertion.

—Oui, maman.

—Tu restes pour déjeuner ?

—T'occupe pas de moi, je sais pas encore.

Il va dans sa chambre, s'enferme. Fait les cent pas. Attrape sa guitare, gratte quelques accords, les seuls qu'il connaisse. Repose sa guitare. En brosse l'étui aux motifs écossais. S'assied. Rêvasse. Attend. Se relève. Va chercher un verre d'eau. Reviens dans sa chambre. Regarde l'immeuble d'en face par la fenêtre. Voit sa moto, sagement posée sur le parking. N'y tient plus. Ressort. Longe le long couloir. Reprend ses clés qui traînaient sur la console, près du téléphone. S'approche de la porte d'entrée.

—Tu repars ? Où tu vas ?

—Faire un tour en moto. Je vais voir des potes.

Toujours cette satanée moto. Sa mère donnerait cher pour que son fils n'aille plus faire l'acrobate à contrevent sur sa selle en cuir. Suzanne est prudente, en toutes circonstances. Tout est calculé, mesuré, optimisé. C'est dire si elle n'aime pas la vitesse. À chaque fois que son fils monte sur cette maudite machine, elle est persuadée qu'elle ne le reverra jamais en entier. Pascal, c'est tout ce qu'elle a, lui et aussi un peu de sous soigneusement placés à la banque. Alors elle rêve du jour où cette moto cessera de lui prendre son unique enfant. Sois prudent, qu'elle lui répond simplement, sois prudent quand c'est reviens-moi vite qu'elle voudrait lui crier. Et se pendre à son cou d'homme, déjà. Elle n'a pas vu le temps passer.

Lui descend en trombe. Il enfourche l'animal métallique, visse le casque sur sa tête et démarre. Le bruit du moteur étouffe à peine le tumulte de ses pensées. Le sang bat contre ses tempes pendant qu'il descend la pente de la cité et qu'il rejoint la route à douce allure. Le feu rouge le stoppe devant le bar. Il tourne la tête, des fois qu'elle serait dans le coin. Rien. Il roule, vite, très vite. Tout droit. L'autoroute s'ouvre devant lui en une ligne infinie.

5

—Allo ? Candice ?

—Allo. Oui. Vous êtes ?

—Je suis Héloïse. Je vous ai appelée cette nuit et vous m'avez demandé de vous rappeler à 14h...

—Oui, j'attendais votre appel. Vous connaissez ma grand-mère, c'est ça ?

—Votre grand-mère ? Aphasie Marny de Chavet est votre grand-mère ?

—Oui, ma grand-mère paternelle pour être exacte. Je ne l'ai jamais connue. Elle a disparu bien avant ma naissance et personne ne sait ce qu'elle est devenue. Je n'ai pas le droit de parler d'elle, ni moi ni personne d'ailleurs. C'est pour ça que je ne pouvais pas rester au téléphone cette nuit. Si mes parents m'attrapent à parler d'elle, je suis foutue.

—Vous dites qu'elle a disparu il y a longtemps ?

—Oui, je crois que mon père avait dans la vingtaine quand c'est arrivé. Ça doit faire quoi, trente ans à peu près. Mais vous, vous la connaissez comment ? Vous étiez une amie à elle ?

—Non, je l'ai croisée il y a deux jours...

—Vous rigolez ?

—Absolument pas. Et j'aurais espéré que vous puissiez m'en dire un peu plus sur elle, mais vous n'êtes apparemment pas plus au courant que moi...

À l'autre bout de la ligne, la respiration était haletante. Je continuai, espérant obtenir d'autres informations :

—Vous dites qu'elle aurait disparu il y a trente ans, alors qu'elle est venue me parler il y a moins de quarante-huit heures...

La voix se fit plus pressante tout à coup.

—Comment est-elle ? Que vous a-t-elle dit ?

J'arrangeai la vérité. Cette gamine n'avait pas besoin de tout savoir.

—Elle paraissait... fatiguée mais ça allait.

—C'est dingue ! Non mais vous réalisez ce que vous êtes en train de me dire ? Ma grand-mère, celle dont on évite de parler depuis ma naissance, celle qu'on traite comme une pestiférée, comme si elle n'avait jamais existé, celle qui était donnée pour morte depuis trente ans, vous m'apprenez comme ça qu'elle est bien vivante et qu'elle se balade tranquillement !

Candice s'étranglait d'émotion.

—Pardonnez-moi Candice, je ne voulais pas vous choquer. J'ai juste besoin de connaître la vérité sur cette femme. Voyez-vous, elle m'a confié certaines choses dont je ne peux malheureusement pas vous parler mais que j'aimerais tirer au clair.

—Et vous espérez que je vais vous aider à chercher des indices alors que tout le monde se fout des questions que je peux poser ? Vous rêvez.

—Juste une question, je vous en prie. Avez-vous une idée de la raison pour laquelle personne ne veut parler de cette femme ?

Je l'entendis renifler. Elle souffla.

—J'ai entendu dire qu'elle était cinglée.

—Cinglée ? Cinglée comment ?

—Ce que j'en sais moi ! Puisque je vous dis qu'on ne veut rien me dire...

Elle réfléchit un petit moment:

—Cinglée, genre elle voyait des choses...

—Quelles choses ?

—Merde à la fin ! Qu'est-ce-que ça peut vous foutre à vous ?

—Candice, écoutez-moi. Je crois que je vois les mêmes choses que votre grand-mère...Est-ce que ces choses avaient, selon vous, un rapport avec la mort ?

—Je ne sais pas, peut-être, oui... Il y a une vieille dame au bourg qui se souvient d'elle. Un jour elle m'a dit que ma grand-mère faisait tourner les tables avant, que c'était les morts qui l'avaient rappelée à elle et qu'elle sentait que j'étais faite du même bois. « Du même bois morbide », elle a dit. Je n'ai pas compris ce que ça voulait dire alors j'ai voulu savoir. J'ai fait des recherches, à l'insu de mon père parce que je savais que ça le rendrait fou. J'ai fouillé partout, dans toute notre propriété, de la cave au grenier, même la vieille cabane au fond du jardin, même après les grilles qui encerclent le parc de la maison. Et j'ai fini par trouver quelque chose...

—De quelle sorte ?

—Qui me dit que je peux vous faire confiance ? Je ne vous connais pas après tout. Vous allez faire comme eux si ça se trouve, vous allez me prendre pour une tarée moi aussi et vous allez...

Je la tenais, je le sentais.

—Quoi ? Qu'est-ce-que je vais faire d'après vous?

—Vous allez m'enfermer dans cette petite baraque, comme ils l'ont fait pour elle.

—Ils ont enfermé qui ? C'est Aphasie qu'ils ont enfermée ?

—Elle est toujours là, la cabane. Ils ne l'ont même pas enlevée. En regardant par le trou de la serrure, j'ai d'abord vu un lit et des chaînes. Forcément, ça m'a intrigué. Alors, une nuit de grand vent, j'ai profité du sommeil de mes parents et j'ai fait le mur. J'ai pris un pied de biche, une lampe torche et je suis allée défoncer la porte. Il y avait un matelas taché, des chaînes par terre, des crochets au mur pour les attacher, un petit pot dans un coin. Sur le mur près du lit, il y avait une inscription à moitié effacée et des traces de griffes. Je n'ai pas pu identifier autre chose que AP et EM. Je suis rentrée chez moi en courant et je me suis blottie dans mon lit. Le lendemain, j'en ai parlé à papa. J'avais besoin de comprendre ce qu'il s'y était passé. Il m'a écouté puis il m'a giflée. Il m'a dit qu'il m'interdisait de remettre ça sur le tapis, sous quelque prétexte que ce soit. Il m'a même dit qu'il n'hésiterait pas à m'y enfermer moi aussi si vraiment je n'arrivais pas à me retenir d'aller fourrer mon nez dans ce qui ne me regardait pas. Il criait : « Tu vas finir comme elle. Tu vas finir comme elle. !»Je ne l'ai jamais vu dans un état pareil. J'ai eu très peur. Plus tard, j'ai entendu mes parents discuter de cette cabane. Ma mère disait qu'il fallait la détruire, qu'elle allait finir par apporter des ennuis, que l'esprit d'Aphasie devait rôder quelque part par ici. C'est là que j'ai compris qu'AP, c'était Aphasie.

—Et EM ?

—Aucune idée. Vous pensez que je suis folle ? Je me sens si seule, personne ne veut comprendre...

—Non, absolument pas Candice, rassurez-vous. Vous avez mon numéro maintenant, vous pouvez m'appeler quand bon vous semble. Si je revois votre grand-mère, je vous promets de vous tenir au courant. En attendant, ne dites rien à personne.

—Merci Héloïse. Je suis si contente d'avoir pu vous parler. Vous me rappellerez bientôt , n'est-ce pas ?

Aucune idée en fait. Il me fallait faire le point.

—Au revoir Candice.

Je raccrochai, encore toute pleine de cette bouleversante conversation. Je plaignais Aphasie et je plaignais Candice.

Au bout d'un certain temps, mon téléphone fixe se mit à sonner dans le vide. Le répondeur s'enclencha. Ma mère. Je n'eus aucune envie de répondre ni de rappeler. Pour m'entendre dire quoi au juste ? Que je devais sortir, voir un psy, prendre des cachets, cesser d'être ce que j'étais et rentrer dans les clous. Plus que jamais, je savais maintenant que les plus fous n'étaient pas ceux que l'on croit.

Je sortis. Accoutumée à l'obscurité, la lumière, forte, me fit plisser les yeux. La tête en vrac, j'arpentai le pavé à la recherche d'un fil conducteur. Les images des dernières heures se bousculaient : les deux amants qui se cherchent, l'homme aux cheveux enneigés étendu sur la paillasse, leur famille tout autour, Aphasie, son rejet, son calvaire sûrement, Fanny Loup, ma mère, moi, au milieu de ce bordel sans nom.

Il faisait bon : les jupes et les chemisettes ne cachaient ni les bras ni les jambes. Des gens prenaient le frais sur les terrasses des cafés en bavardant, certains riant à pleine gorge. Devant ce spectacle de bonheur exubérant, ma solitude me sauta à la figure : pour la première fois, je réalisai combien j'avais été seule depuis le départ, combien j'étais différente. Je compris, du même coup, ce qui nous reliait, nous les êtres de cette étonnante comédie : l'isolement de l'esprit. Aphasie avait été seule. Candice également. Que dire de Pascal ? Que dire de moi ? Nos histoires se répondaient. Bien loin de m'effrayer, cela me transporta de bonheur : peut-être, en fin de compte, venais-je de trouver une famille. Et tant pis si elle était peuplée de fantômes, et tant pis si ces membres n'étaient pas très reluisants : nous nous étions choisis, cela n'avait pas de prix.

Portée par une euphorie nouvelle, je fis demi-tour et, d'un pas vif, rentrai à la maison, pressée comme jamais de les retrouver.

Avant tout, je vérifiai que les volets étaient complètement fermés : le jour était un obstacle, la vie au-dehors aussi. M'enfermer chez moi, pour mieux m'enfermer en moi-même, me couper du monde pour m'isoler davantage et trouver, dans cette réclusion, une sérénité qui m'était interdite par ailleurs. Je m'installai confortablement dans mon lit et pris une grande bouffée d'oxygène.

Amour

Une semaine plus tard, ils se rencontrent par hasard, les chiens frétillant au bout des laisses. Le destin qui s'en mêle. Si ce n'est qu'il ne cesse de la guetter. Si ce n'est qu'elle l'attend chaque soir au coin des bâtiments.

Il fait nuit déjà et la lueur des réverbères se reflète sur les carrosseries des voitures. C'est lui qui l'aperçoit d'abord. À la faveur de l'auréole balancée par un lampadaire éclatant comme un projecteur, Pascale, flanquée d'un boxer fauve, semble minuscule, petit être gracile errant sur une scène trop grande pour lui. Si menue. Si fragile. Le gros chien, hiératique à ses côtés, prend toute la place. La belle et la bête.

Lui, il avance, passe timidement de l'obscurité à la clarté, le cocker couleur de miel piaffant d'impatience au bout d'une laisse qui le bride. Lui parler. Lui dire que. Lui raconter quoi. Engager une conversation. Faire que les mots sortent adroitement. Que ça ait l'air naturel. Mais qu'elle comprenne quand même que derrière la décontraction de façade, les sujets de pacotille, il y a le désir fulgurant, la passion dévorante, l'espoir un peu fou, la promesse d'un avenir, la tendresse infinie, l'amour enfin et surtout.

Et elle, elle n'est pas beaucoup plus avancée. Elle pressent, en le voyant, que c'est maintenant que tout va se jouer, que les syllabes qu'elle prononcera, les gestes qu'elle s'appliquera à retenir, les murmures qu'elle laissera échapper décideront de cette histoire qui pourrait bien valoir le coup. Ce beau jeune homme, qui se tient là devant elle, rien que pour elle et qui n'en mène pas large non plus, se pourrait-il que lui aussi ressente au fond du ventre et au fond du cœur la même chose à son égard ?

Les respirations, tout à coup, se font plus rapides. Les tremblements, de l'un et de l'autre, font vibrer le sol qui soutient leurs pieds. Il va parler.

—Bonjour. Ça va ?

Elles sont à peine audibles, ces paroles qui ne disent rien et qui disent tout.

—Oui, et toi ?

Il se perd dans la forêt de ses réflexions et des reproches qu'il se lance. Ses longs doigts crispés s'agrippent et se chevauchent derrière son dos, jusqu'au sang, jusqu'à la douleur, qu'il ne ressent même pas.

—On ne se rencontre pas souvent, hein, alors qu'on habite à côté. C'est bizarre, non ?

Elle toussote. Se donne du temps comme elle peut. Répondre, mais répondre bien et avec retenue, quand tout son corps se porte irrésistiblement vers celui qui lui fait face, quand l'odeur de l'homme emplit sa tête de dix mille émotions, quand ses lèvres n'en peuvent plus de ne pas se coller aux siennes.

—Oui, c'est vrai. C'est bizarre. Et...

—Et ?

Elle ose :

—Et c'est un peu dommage je trouve.

L'euphorie, soudain, réduit ses craintes. Portée par ce succès, sa timidité se mue en témérité.

—Bah justement, je voulais te demander, tu fais quelque chose dimanche prochain ?

Elle n'en croit pas ses oreilles : il lui propose de sortir.

—Euh non. Pas vraiment,...

Il n'attend pas la fin de la phrase, il n'a pas le

temps, il bat le fer tant qu'il est chaud.

—Ça te dirait de venir me voir courir à moto avec des copains ? Il y a une course du côté du Bourget. Si tu veux, on pourrait y aller ensemble, avec la moto, et je te ramènerais juste après. On partirait vers midi et on reviendrait vers dix-huit ou dix-neuf heures.

Elle a crié oui. Elle a honte mais c'est comme ça, elle a parlé plus fort qu'elle ne l'aurait voulu : elle ne contrôle plus. C'est trop, bien trop pour elle. Tout en elle bat. Elle n'est plus qu'un cœur désormais. Les chiens, quant à eux, n'en finissent pas de se renifler.

Côte à côte, les mammifères canins devant, les amoureux derrière, ils quittent le halo. Il lui parle de ses copains qu'elle rencontrera dans quelques jours, de sa moto, de sa guitare. Et elle boit avidement les miettes de son existence qu'il daigne lui confier. Elle, elle fait le clown, lance des blagues bien senties parce que ça donne une contenance quand on n'en a pas. Puis, entre deux pitreries, elle lui raconte un peu sa vie avec ses deux sœurs, donne une version idyllique rien que pour lui donner envie de rentrer dans son monde, quitte à mentir un peu.

Pénétrant bien volontiers l'obscurité, ils s'éloignent des réverbères et des voitures en riant, faisant fi des mères inquiètes, l'une penchée au balcon, l'autre à demi cachée derrière le rideau de la fenêtre de la chambre. Ainsi, ni l'une ni l'autre ne verra sa main prendre sa main et sa bouche, timidement, effleurer sa bouche. Pascal et Pascale.

6

Quel intense bonheur d'assister à la naissance de ces deux-là ! Évidemment, la fin était déjà là, tapie, je ne pouvais pas faire comme si je n'en savais rien. Mais, de là où j'étais, elle m'apparaissait lointaine, à des années-lumière de ce que vivaient ces amoureux. Un instant, l'idée que cette fin n'était pas la bonne me traversa l'esprit, tout comme la pensée que, si c'était le cas, les choses pourraient se passer autrement. À la force de mes mains, à la force de mon esprit, à la force de mon âme.

« *Et ce qui vous fait le plus de mal, dans cette affaire, ce qui est le plus insoutenable, c'est de connaître la fin et d'assister, impuissante, à son achèvement. C'est ça, le pire. C'est l'impuissance qui vous rend fou. Vous côtoyez les personnes sans même qu'elles vous aperçoivent. Vous voudriez les prévenir, leur dire attention, ne va pas là, ne regarde pas ici, ne réagis pas comme ça. Mais rien ne change : la fin, quoi qu'on fasse, est invariable.* »

Je me fichais bien de ce qu'avait dit Aphasie Marny de Chavet : je balayais l'écho des paroles de la vieille dame qui revenaient sans cesse et vibraient entre mes tempes à la manière d'une rengaine agaçante. J'étais certaine de trouver un moyen, de réussir là où elle avait échoué. Sinon, à quoi bon ? Si l'on ne pouvait avoir aucune emprise sur ce qui se déroulait devant nos yeux, pourquoi nous donner à voir tout ça ? C'était sans compter que les évènements s'étaient déjà produits. C'était sans compter que ce qui me venait dans la caboche, ce n'était rien d'autre que les souvenirs d'un autre. C'était sans compter que l'on ne change pas le passé. Si tant est que ce soit vraiment le passé.

Je m'attachai à eux. En dépit de la distance qu'il aurait fallu mettre entre eux et moi. Je m'attachai à leur histoire, à leur mémoire, à ce qui s'est mis à graviter tout autour. Je m'attachai, sachant pertinemment que ce n'était pas la chose à faire. Je m'attachai. C'était plus fort que moi.

Avec la ferme volonté d'en apprendre un peu plus sur la véracité de mes visions, j'entrepris de nouveau quelques recherches sur Fanny Loup. Plus que tout, je désirais la voir, la sentir, la toucher ; me rapprocher d'elle pour mieux me rapprocher d'eux ; me vautrer dans son histoire pour mieux pénétrer la leur. Et ne plus faire que ça, jusqu'à oublier le monde qui m'entourait, un environnement pas fait pour moi, une mère auprès de laquelle je suffoquais, un père lâche et absent, une vie qui ne m'était rien, ou si peu.

Avec son visage et son nom d'épouse, il ne me fut pas difficile de trouver son adresse sur le net. Par chance, nous n'habitions pas très loin l'une de l'autre, à trois stations de métro. Je m'y rendis.

C'était un immeuble de cinq étages dans une rue passante. Derrière une épaisse porte d'entrée teintée commandée par un interphone, un hall carrelé et des miroirs de plain-pied annonçaient des appartements confortables bien qu'un peu désuets. Une plante synthétique étendait l'ombre de ses larges feuilles sur une jardinière aux graviers de terreau artificiel. Mes doigts, fébriles, effleurèrent les touches de l'interphone. Son nom d'épouse était là, inscrit en lettres épaisses. Je m'apprêtai à appuyer. Pour quoi faire ? Pour dire quoi ? Je renonçai aussitôt, tout en maudissant mon indécision maladive et mes foutus scrupules. Sur le trottoir d'en face, un bar offrait une terrasse ensoleillée : l'endroit était propice à l'attente, je l'y attendais donc.

Trois heures se passèrent ainsi. La première salve de clients était partie, la deuxième aussi. Mes yeux, immobiles, refusaient de se détacher de l'entrée de l'immeuble. Chaque mouvement de porte faisait naître l'espoir, mon cœur battait la chamade, mon ventre se nouait. Et puis ce n'était jamais ça, ce n'était jamais elle. Et je me recroquevillais un peu plus sur ma chaise, épuisée par une filature dont je ne voyais pas le bout. Bientôt le crépuscule envahit la rue. Les pas des chalands se ralentirent sensiblement, les nuques de plus en plus courbées sous le poids de journées harassantes. Une teinte orangée recouvrit les murs tandis que des odeurs de nourriture apparaissaient et disparaissaient au gré de discrètes bourrasques. La fraîcheur de l'air poussa les derniers clients de la terrasse à rentrer en salle. Un garçon de café impeccable s'étonna de me voir seule, immobile depuis plusieurs heures, six tasses vides devant moi, encore attablée :

—Z'avez pas froid dites? Vous pouvez rentrer si vous voulez, y a encore de la place dedans.

—Euh, en fait, j'attends quelqu'un...

—Bon comme vous voudrez. Par contre, je suis désolé de vous dire ça mais on ferme dans dix minutes et faut que je commence à ranger les tables et les chaises. Donc si vous pouviez rentrer...

—Ne vous inquiétez pas, je m'en vais.

—Et la personne que vous attendiez ?

—Pas venue. Demain peut-être.

Il me regarda d'un drôle d'air, sans comprendre, navré pour moi. Je lui tendis l'argent des consommations.

—Vous pouvez garder la monnaie.

—Merci mademoiselle. Bon bah à demain alors.

Déçue, je rentrai à pied. J'avais froid, j'avais faim. Les enseignes illuminées dans la pénombre se reflétaient sur les visages de mes contemporains et leur donnaient une teinte verdâtre, jaunâtre ou rougeâtre selon les vitrines qui accentuaient les cernes sous leurs yeux et les crevasses de leur peau. Certains promenaient des chiens, d'autres trimballaient de lourds cabas. Ceux qui avançaient d'un pas lourd et lent exaspéraient ceux qui avaient encore la force de battre le pavé lestement. Devant les chaussées qu'il fallait traverser, on était au coude-à-coude, patientes solitudes debout devant une existence mouvante. Puis, invariablement, les véhicules s'arrêtaient pour laisser traverser les solitudes, c'était bien rôdé. J'avançais les mains dans les poches. Pressée d'y retourner, pressée de les retrouver.

Arrivée à demeure, je me postai derrière ma fenêtre d'où j'observai les tombes silencieuses se noyer dans les ténèbres. Buis, ifs et tilleuls se confondaient pour former une gigantesque masse mousseuse. J'eus faim, il fallait que je me nourrisse. Mais rapidement alors. Rapidement parce qu'après, après j'avais rendez-vous avec des fantômes. Même si j'avais la certitude que chacune de nos retrouvailles accélèrerait le temps, leur temps, faisant inexorablement s'approcher le moment auquel j'avais assisté en touchant, presque malencontreusement, ce marbre tranquille, quatre jours auparavant. Même si la fin était déjà contenue dans ce qu'il m'était donné de voir.

Aussi, je mangeai debout, histoire de, avant de m'étendre ensuite confortablement dans mon lit, fermant les yeux, attendant qu'ils daignent venir à moi et m'inviter dans les fils, pour l'heure inextricables, de leur destin, fils que je mourrais d'envie de démêler.

Compétition

Dimanche matin. Réveillée dès les premières lueurs de l'aube, Pascale tourne en rond, fébrile, dans la pièce qu'elle partage avec ses deux frangines. Vite mises au courant, les sœurs ont juré qu'elles n'en parleraient pas à leur mère. Mais pour l'heure, elles dorment, au grand dam de Pascale qui voudrait partager sa joie, danser dans la pièce moite de sommeil, voir l'effet que ça fait dans les yeux des autres son bonheur à elle. Les vêtements qu'elle va porter, posés avec soin sur le dos de la chaise depuis trois jours, n'attendent plus qu'elle.

Lui est à peu de choses près dans le même état, dans lequel excitation et trac s'entrelacent et se confondent. D'ailleurs, il n'a pas beaucoup dormi. Comment aurait-il pu ? C'est un grand jour qui se lève. Il pense à son père, comme toutes les fois où il ressent le besoin d'une discussion d'hommes. Alors, faute de mieux, il parle seul, espérant vaguement une réponse du tréfonds de ses souvenirs, des hauteurs d'une conscience paternelle qui aurait survécu malgré tout. Papa, est-ce que ce n'est pas mal d'aimer une fille si jeune ? Dis-moi, papa. Sur son bureau trône un casque flambant neuf, tout rose, qu'il a acheté pour l'occasion et qu'il compte bien lui offrir. Le premier cadeau. Un cadeau qui la protègera et qui l'enveloppera. Un cadeau qui lui dit qu'il tient à elle. Un cadeau, comme un symbole.

Ils se sont donné rendez-vous sur le parking. Il est là, à l'heure dite. Elle, elle a attendu de le voir avant de descendre, histoire de ne pas avoir l'air bête à l'attendre. Quand il lui tend le casque en lui disant, tiens, c'est pour toi, elle se demande si elle ne vit pas un rêve éveillé. Elle l'embrasse sur le bord des lèvres. Merci. Il est magnifique. Merci.

—On va d'abord rejoindre mes copains à Gentilly puis ils nous suivront en voiture jusqu'au circuit. Ça ira ?

Elle sourit, répond avec les yeux. Ça ira.

Il grimpe sur la moto, enfile son casque, tourne la clé du contact. Le moteur se réveille, grogne. Elle monte derrière, revêt son casque, serre fort la taille de son amoureux tandis que l'étreignent tout à la fois l'angoisse de mourir et la jubilation de braver des interdits, les cuisses crispées sur la selle en cuir. D'un geste assuré, il relève la béquille du destrier et, de sa main, frôle les doigts menus de la jeune fille ramassés sur son ventre.

—Prête ?

Étouffée par le vrombissement de la mécanique et par la paroi feutrée des casques, la voix ne parvient pas aux oreilles de Pascale. Pas grave, elle est déjà loin, la gamine.

La vitesse, bien que modérée sur les petites routes de villes, la grise. Elle sent l'air frais sur ses mains, elle sent le torse fort de l'homme qui la conduit, elle sent qu'elle s'éloigne de cette cité qu'elle exècre. Elle sent qu'elle approche, qu'elle touche quelque chose. Elle sent tout ça, mais confusément, dans un enchevêtrement d'idées qui n'ont ni queue ni tête et qui se succèdent à mesure que les rues montent et descendent. Être là et maintenant. Être là et maintenant, c'est ça qu'il faut.

Lui aussi est heureux, à sa place, auprès d'elle ; il ne veut rien d'autre.

Ils nagent, chacun dans leur mer de félicité.

Bientôt, ils s'arrêtent devant une maison modeste. Dans le terrain coulé de béton trône une Renault 5 orange.

Les quatre copains sont là, à prendre le frais en fumant. Elle, évidemment, elle est un peu intimidée, face à ces quatre gaillards qui se marrent bruyamment et qui ont l'arrogance des jeunes adultes. Mais il est là, à ses côtés, la tenant gauchement par la taille. Alors ça la rassure. Présentations. On écrase les clopes sous les semelles. On se lève. On y va, deux à moto, quatre en voiture. Une belle journée, aux allures de liberté, se profile.

Les paysages changeant du bord des nationales défilent bientôt à vive allure : des champs étirés, des petites villes paisibles qui déjeunent encore, des maisons mitoyennes. La banlieue, française et tranquille, des dimanches éclaboussés de soleil. Elle, le regard entravé par les parois épaisses du casque qui sent le neuf, n'attrape que des bribes. Lui regarde droit devant. Il ne s'agirait pas de rater un dos d'âne ni de s'abîmer sur la chaussée, il aurait l'air de quoi ? Par moments, son souffle se coupe, il n'y croit plus, à cette histoire naissante. Alors, il baisse les yeux rapidement et, apercevant les petites mains qui lui enserrent le torse, il se dit qu'il a réussi, qu'il a gagné son bonheur.

L'engin bifurque, la moto ralentit sur une route poussiéreuse. Des dizaines de voitures sont déjà garées à qui mieux mieux le long d'un fossé peu profond, formant une guirlande joyeuse et bariolée. Quelques personnes sont assises sous un parasol, sur des tabourets en toile ou à même le sol. D'autres se sont accordé le luxe d'une table en plastique colorée. Partout, on sort des bières tièdes des glacières restées trop longtemps ouvertes. Pascal place la moto à côté de plusieurs autres. Quelques minutes plus tard, ils sont rejoints par la Renault orange des copains. Parce qu'il doit se rendre au stand d'inscription, il s'éloigne en leur confiant sa dulcinée ébouriffée qui ouvre des yeux grands comme des calots. Profitant de l'absence de l'amoureux, ils la questionnent : d'où vient-elle ? Que fait-elle ? Qui est-elle ? Elle, elle répond timidement. Peu importe, sa présence les séduit tous. C'est vrai qu'elle a quelque chose cette fille, il a bien choisi Loulou.

Il reste deux heures à attendre avant le départ de la course, deux heures pendant lesquelles ce petit monde va grignoter des tiges de pâquerettes, affalés dans l'herbe. Les copains parlent beaucoup, les tourtereaux beaucoup moins, tout occupés qu'ils sont d'eux-mêmes et de leur bonheur tout neuf. Main dans la main, tête contre tête, ils s'amusent à donner des noms aux nuages qui défilent pendant que les autres se racontent des histoires graveleuses au milieu des détonations des moteurs et des relents d'essence.

Ça passe vite et ça s'étire, ce temps et cet espace où tout est devant, latent. Au bout d'un moment, une voix, insolite, hurle dans un mégaphone :

—Les candidats sont invités à se présenter au stand central pour la remise des dossards.

Tout ce petit monde, groggy de bière et de lumière, se lève comme un seul homme. La course va commencer dans moins d'un quart d'heure. Pascal éprouve la fierté du combattant en partance pour la guerre : il bombe le torse ; elle, c'est la vanité qui l'emporte. C'est moi, moi qu'il a choisie, et rien ni personne ne pourra jamais m'enlever ça. Ils s'embrassent, se résignent au mutuel abandon le temps de quelques tours de circuit.

Les amis prennent place sur les gradins de fortune installés pour l'occasion. Loulou, assis sur son coursier, le numéro 19 collé devant et derrière, abaisse la visière de son casque. Quand son nom résonne dans les porte-voix accrochés aux arbres, il salue, signe de prince. Les potes ne tiennent déjà plus en place : ils sifflent, applaudissent, crient. Quant à Pascale, elle se laisse bien vite entraîner par la liesse de ceux qui l'accompagnent : lorsque résonne le coup de feu, c'est une jeune fille électrique et sautillante qui se casse la voix par-dessus la déflagration des cylindrées et qui se fout bien de ce qu'on pourra penser.

Les virages sont serrés. Un peu trop parfois. La violence des chocs relativise l'impression de toute puissance. On prend conscience du danger, on frissonne. Pascale observe les copains qui ne paraissent pas s'en faire. L'un d'eux, Picot, perçoit l'inquiétude au fond des yeux marron. T'inquiète, il lui glisse dans l'oreille, il sait ce qu'il fait. C'est un bon. OK. S'il le dit, il faut le croire. Elle, ça ne la rassure qu'à moitié. Elle continue de se ronger les ongles ; son coeur manque de s'arrêter à chaque fois que la moto se penche. Que cette dernière, d'ailleurs, retrouve toujours son équilibre relève du miracle. Et pourtant, elle voudrait qu'il gagne, qu'il les écrase, qu'il leur montre un peu. Alors elle l'encourage, entre deux bouffées d'angoisse, des montées d'adrénaline.

Premier. Ruisselant de sueur, les cheveux plaqués sur le crâne, il jubile, un énorme bouquet de fleurs à la main. Elle joue des coudes pour le rejoindre au milieu de la foule des candidats malheureux et des spectateurs qui le félicitent. Quand il la voit, il lui sourit. Elle s'approche. Il l'enlace. C'est bon. Si bon. J'ai eu peur tu sais. Je sais.

Peu à peu, le circuit se vide. Des techniciens s'affairent à démonter le bois des kiosques. Les gradins s'empilent, les tréteaux sont repliés, les planches posées contre le grillage. Des bouteilles vertes éventrées jonchent le sol, des capsules rouges et blanches fleurissent çà et là tels de petits coquelicots inamovibles et glacés.

J'ai aucune envie de rentrer. Moi non plus. Alors monte, on s'enfuit, on s'en fout.

Les copains repartent de leur côté. C'est qu'ils bossent demain. Le couple, lui, remonte en selle. Il sait où il va. Elle n'a aucune idée de l'endroit où il l'emporte mais sa confiance est telle qu'elle se laisse enlever sans résistance, elle qui pourrait le suivre n'importe où.

À la mer. Voir l'océan. Les falaises d'Étretat. Les déferlantes qui viennent s'écraser sur les rochers avec fracas. Les cris sans fin des mouettes excitées. Les embruns qui se posent dans les cheveux. Les regards qui s'éloignent sur le crépuscule orange avant de se perdre, épuisés, dans la rose aurore. Des épaules qui frissonnent. La chair de poule, délicieuse, qui engourdit les membres et garde éveillé. Des mots criés et pourtant à demi couverts par le tumulte des vagues. Et là-haut, sous un clair de lune flamboyant, deux gosses qui font les cons sur les parois des récifs déchiquetés jusqu'à ce que, finalement, la fatigue les gagne et donne à leurs doigts entrelacés, à sa veste à lui sur ses épaules à elle, à ses cheveux qu'il caresse, des allures de serment d'amour éternel.

7

Des lumières de la rue traversaient les interstices des volets et s'alignaient en barreaux dans ma chambre, enfermant ma couverture et mon visage dans une prison lumineuse. Il était à peine deux heures du matin lorsque je m'éveillai. Les yeux lourds, l'esprit engourdi de sommeil, je pensai à eux. Comment faire autrement?

Pourquoi, me dis-je dans un excès de romantisme, ne tomberaient-ils pas tous deux dans l'océan qui les engloutirait tout à coup? Histoire d'amants maudits fauchés en plein rêve dans toute la splendeur de leur jeunesse et de leur vigueur. Ou alors un suicide, parce que s'aimer serait leur planche de salut dans cette existence qui ne les a pas gâtés et que s'aimer, quand on a quatorze et vingt-et-un ans, c'est impossible. Ça aurait eu de la trempe, ce drame tout en poésie. Sûrement plus que ce corps bouffi aux cheveux blancs qu'on s'évertue à habiller - et tant pis si ça le brise - et que cette mère qui court en tous sens et qui crie dans les allées aseptisées d'un hôpital devant les patients incrédules, que cette femme qui raccroche un téléphone et dont les larmes silencieuses roulent sur le plastique du combiné, que cette enfant qui, de l'enfance, n'a déjà plus grand-chose. Qu'avait-il bien pu leur arriver? On ne choisit pas sa fin.

Impossible de fermer l'œil à nouveau: trop d'émotions, de points d'interrogation, de points de suspension. Je me tournais, me retournais, cherchais une position adaptée, j'avais trop chaud, ou bien trop froid, des sueurs, des frissons. Je percevais des bruits qui, amplifiés par le silence de la nuit, m'apeuraient.

À bout de patience, je finis par me lever péniblement et allumai la télévision pour me tenir compagnie. Jusqu'aux premières lueurs de l'aube, je fis défiler des chaînes devant mon esprit abruti par la vacuité des images, l'éclaboussure des couleurs vives, les voix douces des commentaires ineptes auxquels je ne cherchais pas à m'accrocher.

À sept heures du matin, mon portable sonna. Ce devait être ma mère à coup sûr. Qui d'autre, sinon, à cette heure matinale ? Je ne me levai pas, toujours pas envie de lui parler, toujours pas envie d'affronter sa vision étriquée de l'existence, son métro-boulot-dodo et sa façon de s'en contenter. Pas la force de l'écouter me dire, encore, va consulter, le psy dont voici la carte, va retrouver ta normalité à deux balles, va lui dire que tu n'y arrives pas parce que tu ne fais rien et que tu t'en satisfais, va lui dire que tu n'es pas comme ta mère et que c'est incompréhensible, que dans son monde à elle où tout est comme elle, sa fille si catégoriquement différente la fait crever et qu'elle en bave à force de fulminer. Pas la force, pas l'heure, pas le courage, rien. Je ne décrochai pas. Après avoir sonné dans le vide, mon téléphone émit un dernier bruit, m'indiquant qu'on m'avait laissé un message. J'attrapai le boitier noir, forcée d'en écouter le début pour pouvoir l'effacer. Je le collai à mon oreille.

—Euh, c'est Candice. Bonjour. Rappelez-moi quand vous aurez le message, c'est important.

Je me maudis, ça m'apprendra. Je la rappelai immédiatement. Les tonalités résonnaient en écho dans mon plexus. Soudain, sa voix.

—Allo ? Héloïse ?

—Oui Candice.

—Voilà, mes parents sont partis hier soir et ils ne reviendront que demain dans la matinée. Je me disais que si vous pouviez venir aujourd'hui, nous aurions une chance d'en savoir plus sur ma grand-mère. Enfin, si vous êtes libre, évidemment. Vous l'êtes j'espère?

Quelque peu étonnée par sa proposition, je répondis sans réfléchir.

—Euh... oui. Je devrais pouvoir prendre un train. Où êtes-vous exactement ?

—À Sainte-Ménehould. Le train vous emmènera jusqu'à Châlons puis vous prendrez un car. En général, les horaires des cars correspondent à ceux des trains. C'est très facile, vous verrez, surtout quand on vient de Paris. Dès que j'ai su que mes parents partaient, je me suis renseignée. Il y a un train qui part à 9h02 de la Gare de l'Est. À 10h13, il vous arrête à Châlons. Vous pourriez arriver à 11h à Menou. Qu'est-ce-que vous en dites ?

J'étais subjuguée par la vivacité hors norme de cette gamine.

—Menou ? C'est quoi, ça, Menou ?

—Oui, enfin, Sainte-Menehould si vous préférez. Ici, tout le monde dit Menou, c'est plus court. Alors ? C'est oui ou c'est non ?

—Mais pourquoi tenez-vous tant à ce que je vienne ?

—C'est que j'ai continué à chercher après votre coup de fil et qu'il y a du nouveau.

—Du nouveau ? Comment ça ?

—J'ai trouvé des photos, des lettres et des dessins que vous devriez voir. Vous allez sans doute comprendre ce qui est arrivé à ma grand-mère et pouvoir m'éclairer un peu du coup.

—Bon, vous pourriez me retrouver à la sortie du bus ?

—Je vous attendrai un peu en retrait. Pour pas qu'on nous voie ensemble. Vous savez, mes parents, …

—Oui, j'ai bien compris.

—Je porterai un débardeur rouge. Dès que vous m'apercevrez, vous me suivrez à distance. Ça ira ?

Décidément, la détermination de cette jeune fille

me bluffait.

Je m'habillai en vitesse, pris mon sac et sortis. L'air déjà chaud donnait un aperçu de la fournaise qu'allait être le reste de la journée. Quelques passants alanguis par la touffeur écrasante avançaient lentement. Quant à moi, piquée de curiosité et pressée d'en savoir plus sur la mystérieuse Aphasie Marny de Chavet, je m'engouffrai dans la première station de métro avec la rapidité d'un chat.

La gare regorgeait de voyageurs. Régulièrement, une voix féminine annonçait des voies, des numéros assortis de nom de villes. Des départs, des arrivées. Une borne automatique me délivra un billet, il me restait trente minutes avant que le train pour Châlons soit à quai. Je tuai le temps en flânant dans les travées d'une librairie presque déserte, feuilletant au hasard des dizaines de pages à l'odeur d'encre fraîche. J'essayai de lire les quatrièmes de couverture des livres posés sur les tables mais rien n'y faisait : je perdais le fil au bout d'une dizaine de mots, tout accaparée que j'étais par celui de mes pensées. Je m'installai finalement au zinc d'un bar ambulant, tournant sans fin un café que je ne bus pas en attendant le départ.

Le train dans lequel j'avais pris place s'ébranla, faiblement d'abord puis plus vite. Le paysage défilait à bonne allure devant moi : une banlieue tranquille puis des champs plats à perte de vue sur lesquels mon esprit divaguait, tournant et retournant tous les éléments de cette étrange histoire. Quelqu'un toussa. Le wagon, à part cela, était silencieux, chacun dans son casque, dans son bouquin, dans ses graphiques, dans ses rapports, dans ses souvenirs.

Je bâillai...

Mères

Cela fait maintenant quatre heures que Micheline tourne en rond. Cette angoisse, tout au fond du ventre, la tient dans un étau. Son mari n'essaie pas de la rassurer. Des années d'ailleurs qu'il n'essaie plus grand-chose dès qu'il s'agit de sa femme.

Mais où peut-elle bien être nom de Dieu ? Ça ne dure pas toute une nuit, une compétition de moto que l'on sache ! De la moto, moi je t'en mettrais tiens, de la moto. Un merdeux sur une mobylette, voilà ce que c'est. Et elle, trop con la petite fille, elle l'a suivi, voilà tout.

Les deux sœurs, cloîtrées dans leur chambre, oscillent entre souci, culpabilité et envie. Avoir osé ce qu'elles-mêmes n'oseraient jamais. Pascale, décidément la plus téméraire des trois, est celle à qui tout sourit, toujours. C'en est injuste à la fin. Pourquoi elle et jamais nous ? Mais bon, on espère qu'il ne lui soit rien arrivé, hein. Alors elles ont tout balancé à la mère. Parce que c'était devenu trop lourd. Et, surtout, parce que la mère sait y faire pour que les vers sortent rapidement du nez de sa progéniture.

C'en est trop. Il faut que Micheline sache, qu'elle comprenne. Qu'elle déverse un peu de son amertume sur les autres pour qu'elle n'en explose pas, de cette colère et de ses craintes. Elle va chercher l'annuaire, le pose sur la grande table de la cuisine en formica, en tourne les pages avec frénésie à la lueur d'une petite lampe posée en haut du frigorifique, finit par trouver, se dirige d'un pas lourd et empressé dans la chambre dans laquelle se trouve le téléphone, s'empare du combiné. Pour chacun des chiffres indiqués sur l'immense bottin blanc, son index droit se plante dans un des trous du cadran rotatif. À huit reprises, le plateau numéroté s'étire et revient à son point de départ bruyamment. Enfin, ça sonne. Cinq fois, dix fois. Elle raccroche, les nerfs en pelote. Encore. Cette fois, ses doigts tremblent et elle s'y reprend à trois reprises pour composer correctement le numéro. Sonnerie. Un incalculable nombre de sonneries. Enfin, une voix ensommeillée décroche de l'autre côté de la ligne. On respire.

—Allo ?

—Allo ! Vous êtes la mère de Pascal ?

—Euh... oui. Pourquoi, qui êtes-vous ?

—Je suis la mère de Pascale, Madame C. Votre fils est parti avec ma fille. C'est inadmissible ! Il a plus de vingt ans et elle, c'est encore une gosse. Vous vous rendez compte ? Et vous, ...vous l'avez laissé faire. Je pourrais porter plainte vous savez.

Silence écrasant. Respiration. Réflexion. On pèse les mots.

—Madame, je vous interdis de me parler sur ce ton. Comme vous dites, votre fille est jeune. Quant à mon fils, il est majeur, il fait ce qu'il veut, je n'ai pas à intervenir. C'est à vous de surveiller votre gamine !

À l'autre bout de la ligne, un coup sourd puis une tonalité qui s'éternise. La mère de Pascal, Suzanne, a raccroché, laissant Micheline comme deux ronds de flan. Furieuse, cette dernière presse le combiné contre sa tempe. Dans son dos, son mari s'est mis à ronfler.

Dans l'immeuble d'en face, Suzanne a pris sa décision : demain, elle se rendra au bureau des PTT et demandera à être mise sur liste rouge. Des pantoufles en velours aux pieds, elle se met au balcon de sa cuisine et allume une cigarette. Un petit point lumineux qui se consume.

8

Un point, petit point, tout petit... Un contrôleur me secouait gentiment l'épaule.

—Madame, pardonnez-moi, je pourrais voir votre billet s'il-vous-plaît ?

Regardant de droite à gauche, me souvenant soudain du lieu où je me trouvais et de la raison pour laquelle j'y étais, je tendis mon ticket au contrôleur qui me gratifia d'un sourire attendri avant de me le rendre.

—Nous arriverons à Châlons dans quelques minutes. Après, il vous faudra sortir de la gare pour trouver les cars. Ils seront juste à votre gauche quand vous sortirez, vous verrez, c'est très simple, vous ne pouvez pas vous tromper.

Je jetai un œil à ma montre. Je m'étais assoupie plus d'une heure.

—Merci, répondis-je faiblement à l'affable agent SNCF.

Imperceptiblement, le train s'était mis à ralentir avant de s'arrêter tout à fait. Je me joignis aux voyageurs agglutinés devant la porte coulissante du wagon et descendis du train au milieu des valises et des attachés-cases. Je trouvais le car pour Sainte-Ménehould très facilement, conformément à ce que m'avait indiqué l'aimable contrôleur. Je pris place. À moitié vide, l'autocar démarra et quitta la gare. Il enfila les nationales à bonne allure, dépassant les restaurants de routiers, tous identiques, et s'arrêtant sur le parking des anciennes gares des patelins. Enfin, au bout de trois quarts d'heure, nous arrivâmes à Sainte-Ménehould, Menou comme ils disent. J'étais seule à descendre à cet arrêt.

Un terrain de béton propre donnait sur une jolie bâtisse claire à trois battants du début du siècle dernier. L'édifice, vide et inutile, était bien entretenu. À une dizaine de mètres, un grand supermarché avalait sans discontinuer des clients et leur caddie. De l'autre côté, une forêt épaisse annonçait là la fin de l'urbanisme. Le bus redémarra. J'étais seule, dubitative quant à ma venue dans cet endroit inconnu, balayant le trottoir d'en face à la recherche d'une silhouette en rouge. Tout à coup, j'aperçus une frêle jeune femme qui me faisait signe, à demi cachée par un poteau électrique. S'étant préalablement assurée mon regard, elle quitta prestement sa mauvaise cachette et se mit à marcher d'un pas rapide vers le bois. Conformément à nos plans, je la suivis, prenant garde de rester à plusieurs mètres d'elle. Je débouchai finalement sur une minuscule clairière où elle m'attendait, une pochette en carton noir à élastiques sous le bras.

—Vous êtes Candice je suppose ?

—Oui c'est moi. Et vous Héloïse, donc. Pardonnez ces précautions. Vous savez, à Menou, tout le monde se connaît et se surveille. Au moins, ici, on ne risque pas d'être dérangées. Ça ne vous ennuie pas si on s'assoit par terre ?

Je secouai la tête et observai Candice: son visage, très blanc et très fin, était encadré par des cheveux bruns peu épais qu'elle avait attachés en queue de cheval. Sa maigreur, qu'elle avait extrême, était encore accentuée par un débardeur rouge moulant et un jean noir près du corps. Elle n'était pas jolie mais ses yeux, larges et bleus, brillaient d'un éclat exceptionnel. Elle était volubile : les mots sortaient de sa bouche avec une rapidité déconcertante :

—J'ai toujours eu envie de savoir ce qui était arrivé à ma grand-mère. Depuis que je suis toute petite, je suis persuadée que quelque chose n'est pas clair dans cette histoire. Il y a des regards entre les adultes quand ils parlent d'elles, des messes basses. Il y a cette vieille bonne femme qui habite près de l'église qui l'a bien connue et qui m'a dit ces choses dont je vous ai parlé au téléphone. Bref, il y a trop de trucs qui font que j'ai eu envie de savoir. Et puis j'ai arrêté quand mes parents ont découvert que j'avais vu l'intérieur de la petite cabane au fond du jardin. J'avais trop peur. Ensuite, vous m'avez contactée pour me dire que vous aviez parlé à ma grand-mère qui aurait dû être morte. Je n'en revenais pas et je me suis dit que je devais absolument découvrir ce qu'ils lui avaient fait.

—Quand vous dites « ils », vous voulez parler de... ?

—De ma famille, de ces salauds d'anciens riches prêts à tout pour redorer le blason d'une vieille dynastie. N'importe quoi.

Je ne savais trop quel crédit accorder à ses paroles. Après tout, il ne s'agissait peut-être que d'une salutaire crise d'adolescence. Elle continua, comme répondant à mes pensées :

—Je sais ce que vous vous dites, que je suis jeune, que j'ai quinze ans, et qu'à mon âge, une fille a forcément les boules parce qu'elle réalise qu'elle ne peut ni tuer sa mère ni épouser son père. Le complexe d'Œdipe et tout le tralala, je connais. Mais ce n'est pas ça. Je vis dans une famille dangereuse. Et maintenant que j'en sais un peu plus et que j'ai mis la main sur certains documents, il n'y a plus aucun doute possible à ce sujet. Tenez, voyez vous-même.

Elle ouvrit les rabats de la pochette et étala son contenu sur l'herbe fraîche. Des feuillets manuscrits et des photographies anciennes formaient un tapis insolite par-dessus la verdure. Elle saisit le cliché d'une jeune fille et me le tendit.

—Voilà Aphasie. Elle doit avoir mon âge là-dessus. J'imagine qu'elle a dû beaucoup changer depuis mais quand même, êtes-vous certaine que c'est bien elle ?

À mon tour, je pris la photographie et la regardai

attentivement. Oui, il y avait assurément quelque chose dans le regard mais je ne pouvais en être sûre. Après tout, près de cinquante années séparaient les deux visions que j'avais de cette femme, si tant est que ce fût la même personne.

—Franchement, c'est difficile à dire. Là, comme ça, je n'en sais rien.

—C'est pas grave. Regardez le reste, prenez votre temps, peut-être qu'un truc vous reviendra.

Des photographies d'enfants de bonne famille, des attablées, des communiants pincés. Subitement, une photographie attira irrésistiblement mon regard. Deux jeunes femmes se tenaient devant un grand escalier extérieur. L'une d'elles, si j'en croyais le premier cliché que Candice m'avait présenté, était Aphasie. Elle ne souriait pas et fixait l'objectif d'un drôle d'air. L'autre jeune femme arborait un sublime sourire. Cette dernière, bizarrement, m'était familière.

—Savez-vous qui est cette jeune femme qui se tient près de votre grand-mère?

—Attendez, laissez-moi voir. Je crois que c'est Émilie, sa sœur. Cette photo a dû être prise le jour ou la veille de son mariage. C'est une des seules fois où elles se sont retrouvées ensemble dans la maison dans laquelle j'habite maintenant avec mes parents.

Je n'en crus pas mes oreilles :

—Vous dites que cette jeune femme est la sœur d'Aphasie et qu'elle s'appelle Émilie ? C'est bien ça ? Émilie comment ?

—Bah j'imagine qu'elle devait s'appeler Ribaud à l'époque, comme Aphasie avant son mariage. C'est écrit là, regardez, tout en bas.

Elle me tendit une lettre jaunie. L'écriture effilée avait été tracée à la plume. La lettre se terminait par « Aphasie Ribaud ».

—Vous êtes toute pâle, vous vous sentez bien ?

Émilie Torence, née Ribaud. L'épitaphe me revint en mémoire comme une brique en pleine tête. Aphasie m'avait donné à voir la mort de sa sœur. C'était complètement dingue.

—Ça va aller, ne vous inquiétez pas. Et vous avez une idée de ce qui est arrivé à cette Émilie ?

—Évidemment. Mais ça, c'est un peu sordide. Ça fait partie des choses dont mes parents n'aimeraient pas que je parle. Les vieux dossiers qui remuent la merde comme ils disent. Elle s'est fait assassiner. On n'a jamais su par qui. Ou alors on ne m'en a jamais rien dit.

J'avais donc une partie du puzzle. Me manquait l'autre. J'inspirai plusieurs fois pour reprendre mes esprits avant de poursuivre l'examen des papiers apportés par Candice.

—Qu'est-ce que c'est ?, demandai-je en montrant un paquet de feuilles racornies et reliées par un fil de bolduc décoloré.

—Un cahier de dessin. Aphasie, paraît-il, dessinait beaucoup. J'ai entendu dire qu'elle aurait pu faire carrière si elle n'avait pas perdu la tête à ce point.

Je feuilletai le carnet : sur la première moitié des feuillets, les dessins étaient à l'endroit quand, sur la seconde partie, il fallait retourner le cahier pour les voir dans le bon sens. Seule la page du milieu était vide, seul le lien entre ces deux parties était invisible. Quoique. Quoique, à bien y regarder, les dessins de la première partie reprenaient toujours les personnages de la deuxième partie, symétrie éclatante. Seule la posture changeait. Dans la première moitié du cahier, les personnages principaux étaient figés, morts sûrement, ceux qui les entouraient éplorés ou riant au contraire. Les sujets principaux de la deuxième moitié, eux, étaient dessinés presque sur le vif, en mouvement, et arboraient des expressions heureuses pour la plupart. Les dessins avaient été réalisés sur de grandes feuilles, une moitié de feuille par dessin. Les feuilles avaient dû être reliées après coup. Pour m'en persuader, je demandais à Candice l'autorisation de défaire le noeud qui tenait les papiers entre eux. Dès lors, je n'eus plus aucun doute : ayant étalé devant nous les feuilles à présent libérées, il apparaissait une improbable cohérence entre chacune des compositions. Chaque feuille avait bel et bien été séparée en deux. La première moitié montrait la mort d'un personnage, la deuxième moitié, sa vie. Visions identiques aux miennes. Aphasie m'avait pourtant prévenue. Mais je n'étais pas préparée à découvrir que nous partagions à ce point le même secret. Pascal Loup me revint comme une épouvantable claque. Pascal Loup et tout le reste.

Les dessins étaient datés. Je réalisais avec horreur qu'ils étaient l'oeuvre d'une enfant de treize ans. Aphasie n'était qu'une gamine lorsque ce don lui était tombé dessus. Combien de temps avait-elle donc vécu avec ça ?

Candice observait les dessins sans comprendre. Elle ne pouvait naturellement pas y voir ce que moi j'y voyais. Poussée par une irrésistible curiosité qui allait croissant, j'en demandai davantage :

—Dites, vous pensez que nous pourrions aller voir la dame dont vous m'avez parlé, vous savez, la vieille femme qui habite près de l'église et qui aurait bien connu votre grand-mère ?

Candice baissa la tête :

—C'est impossible, je suis désolée. Je ne peux pas venir avec vous. Ils le sauront, ils m'enfermeront, je le sais.

La pauvre enfant tremblait, sa crainte n'était pas feinte. J'insistai cependant :

—Donnez-moi au moins son nom je vous en prie. Rien que son nom et je me débrouillerai. S'il-vous-plaît.

—Admettons que je vous le donne. Elle refusera de vous parler. Elle a peur du Diable. C'est fréquent ici, les gens craignent de s'attirer le mauvais œil.

—Laissez-moi au moins essayer, je vous en prie. Votre grand-mère et moi voyons les mêmes choses, des morts puis les mêmes, vivants. Pour moi c'est récent. Pour elle, si j'en crois ces dessins, ça dure depuis une éternité. J'ai besoin de connaître son histoire pour comprendre ce qu'il risque de m'arriver.

Je marquai une courte pause avant d'ajouter :

—Je suis morte de peur...

Elle souffla, irritée.

—Vous avez un stylo ?

Je fouillai dans mon sac et lui tendis un critérium qu'elle attrapa violemment. Elle prit la photographie des jeunes Aphasie et Émilie et écrivit au dos de celle-ci le nom de la dame suivit d'un petit mot à son intention :

« Gisèle Barbet,

C'est Candice Marny de Chavet. Cette femme en face de vous, c'est Héloïse. Elle a vu ma grand-mère. Elle voudrait savoir ce que vous savez. J'espère que vous accepterez de l'aider car moi je n'ai plus aucune information à lui fournir. »

Elle me donna la photographie :

—Gardez-la. Allez voir Madame Barbet et montrez-la lui. Si avec ça, elle ne veut pas vous répondre, parlez-lui de ce que vous voyez. Quand elle entendra ça, elle vous aidera, j'en suis certaine. Maintenant allez-y, sauvez-vous, je partirai dix minutes après vous. Mais n'oubliez pas de me tenir au courant. Je voudrais tant connaître ma grand-mère et.... comprendre aussi.

—Je vous remercie Candice, du fond du coeur. Je me sauve. Je vous rappellerai, je vous le promets.

Je suivis la route de la gare. C'était l'artère principale. Des boulangeries, des boucheries, de modestes magasins de vêtements, un bureau de poste au moins centenaire. Une mairie monumentale, détonnant sur cette allée presque unique. Un passant me dit de continuer tout droit, que l'église, je ne pouvais pas la louper, qu'il me suffirait, arrivée au bout de l'allée, de regarder en arrière et vers le ciel pour constater que j'avais déjà dépassé le clocher. Quant à savoir s'il connaissait Gisèle Barbet, évidemment qu'il me dit, si c'est elle que vous cherchez, elle sera à sa fenêtre du rez-de-chaussée, comme d'habitude, dans un bâtiment récent accolé à la droite de l'église. Impossible de la louper, j'vous dis.

Arrivée près du grand monument noir rongé par le temps et la mousse, je tournai mes yeux vers la droite et aperçus une tête blanche et ridée immobile au-dessus d'une jardinière de fleurs roses, blanches et bleues. Sentant sans doute mon regard posé sur elle, elle me fixa de ses yeux couleur d'eau sans aucune expression. Je m'avançai :

—Madame Barbet ?

Elle acquiesça doucement.

—J'aimerais vous parler de quelque chose. Je peux entrer chez vous ?

Elle haussa les épaules et fis mine de s'éloigner de la fenêtre pour la fermer.

—Attendez, la suppliai-je, s'il-vous-plaît attendez. J'ai quelque chose pour vous. Regardez.

Elle s'approcha de nouveau de la fenêtre et tendis la main pour recevoir le cliché que je lui présentais. À la vue d'Aphasie et de sa sœur, les yeux de la vieille dame se troublèrent. Machinalement, elle retourna l'image et lut ce que Candice y avait inscrit.

—C'est vous Héloïse ?, demanda-t-elle sur un ton méfiant. Bon, eh ben, rentrez puisque vous êtes là. Je vais vous ouvrir.

L'interphone retentit d'une désagréable sonnerie. La porte du hall, derrière moi, claqua. Une prison, à peu de choses près.

La vieille femme entrebâilla la porte pour décoincer la chaînette qui la maintenait et, enfin, ouvrit tout à fait.

—Vous savez, à mon âge, on n'est jamais trop prudent, lança-t-elle en guise d'excuses. Entrez et suivez-moi.

Se tenant aux murs, la petite femme ronde claudiqua dans le long couloir au bout duquel se trouvait la cuisine. Elle passa devant la table, tira une chaise à mon attention et s'assit avec difficultés sur celle qui lui faisait face. Une odeur poivrée d'essence algérienne se mêlait à de vagues relents d'urine. Sur le buffet, des visages d'enfant souriaient.

Nous nous faisions face. Un silence dérangeant s'était installé pendant qu'elle s'était mise à trifouiller un gros *Tupperware* bleu ciel dans lequel se chevauchaient des dizaines de boîtes de médicaments. Au bout de quelques minutes, elle toussa et leva des yeux étonnés vers moi. Je me demandai si elle n'avait pas oublié ma présence.

—Qu'est-ce qui vous amène chez moi mademoiselle ?

—J'aurais quelques questions...

Elle me coupa net :

—Alors c'est vrai ce que Candice a écrit? Vous avez retrouvé Aphasie ?

Son ton de jeune fille empressée contrastait terriblement avec la posture fatiguée et le visage marqué qu'elle arborait. J'aurais juré que ses yeux avaient brillé.

—Oui, c'est comme ça qu'elle s'est présentée lorsque je l'ai rencontrée et, à la lumière de ce que j'ai découvert aujourd'hui, je n'ai plus aucun doute.

—Racontez-moi, voulez-vous ?

Elle m'inspirait confiance. Aussi, je lui racontai tout ce que je savais, des photographies surprenantes que je reçus à mon évanouissement dans le cimetière, de cette femme énigmatique qui me suppliait de mettre fin à un calvaire dont je n'avais pas idée à la réalité angoissante de ce corps étendu sur une paillasse de chambre froide alors que je n'effleurai qu'une tombe, des visions qui m'assaillaient depuis jusqu'aux informations offertes par Candice. Elle m'écouta attentivement, hochant la tête de temps à autre. Lorsque j'eus terminé, elle poussa un soupir désolé :

—Ma pauvre enfant.

Je ne compris pas. De qui parlait-elle ? De moi ou d'Aphasie ?

—J'espère que vous êtes solide mademoiselle parce que ce qui vous attend n'est pas simple. Aphasie et moi sommes nées le même jour. Nos mères étaient très amies et nous avons passé nos premières années ensemble. Aphasie était une enfant enjouée, juste un peu plus rêveuse que la moyenne. Et puis elle avait un don pour le dessin. Elle dessinait tout le temps, avec tout ce qui lui tombait sous la main : du papier bien sûr mais aussi du sable, de la poussière, tout était bon. Ses œuvres étaient magnifiques, même notre institutrice n'en revenait pas. Tout le monde lui promettait Paris, les Beaux-arts, les galeries. Elle, elle s'en fichait, ça ne lui parlait pas. À cet âge, remarquez. Après l'école, nous nous retrouvions dans le vieux cimetière qui borde les ruines de l'ancien château. Nous adorions y jouer. Je me souviens qu'Aphasie essayait de parler aux morts, comme une enfant qui se lance des défis un peu bêtes, vous voyez ? Rien de bien méchant quoi, même si les personnes âgées de l'époque voyaient nos jeux d'un œil mauvais et ne manquaient pas d'interpeller nos parents à ce sujet. Les miens ne s'occupaient pas trop des commérages. Les siens, qui avaient des hautes vues concernant l'avenir de leurs filles, n'aimaient pas cela et je sais, parce qu'elle me l'a dit, que des claques ont résonné assez fort dans ses oreilles. Vous voulez boire quelque chose ?

—Non, je vous remercie.

—Buvez quelque chose. Ce que j'ai à vous dire risque d'être assez long. Autant prendre vos aises.

Elle ouvrit le buffet et en sortit un verre à moutarde sur lequel Tigrou et Winnie l'Ourson essayaient en vain d'attraper un papillon. Elle y versa un jus d'orange tiède d'une main peu agile.

—Les Ribaud avaient une autre fille, Émilie qu'elle s'appelait. Une grande blonde, finasse et éclatante. Tout le contraire d'Aphasie qui n'était pas très jolie, plutôt brune et courte sur pattes si vous voyez ce que je veux dire. À tel point que certains se sont demandé si le père Ribaud était bien le père de la deuxième ou si c'était pas plutôt le facteur qui s'était trompé de pièce en allant poser son courrier. Émilie, je ne l'ai pas trop connue. Je sais juste que ses parents ont fait en sorte qu'elle trouve un bon parti pour se marier. Elle a épousé un homme fort riche de la banlieue parisienne. Après son mariage, on ne l'a pas beaucoup revu par ici car elle est partie vivre avec lui. Il paraît qu'elle s'est fait assassiner, mais on n'a jamais su par qui. Elle avait dans les quarante ou cinquante ans quand ça s'est produit, je ne m'en souviens plus précisément. Au début, comme je vous disais, Aphasie était une enfant joyeuse, pas la dernière pour rigoler, croyez-moi. On s'en est écorché des genoux à battre le pavé...

Tout à ses souvenirs, la vieille femme souriait. Elle reprit :

—Puis, le jour de ses treize ans, un je-ne-sais-quoi a changé. Comme si on avait cassé un bout de son cœur. Elle parlait moins, sortait peu, ne dessinait plus ou, en tout cas, ne montrait plus aucune de ses œuvres. En souvenir du bon vieux temps, elle supportait encore ma présence mais je sentais bien que ce n'était plus qu'une question de devoir. Au fond d'elle, elle n'était jamais là et, assise à mes côtés, elle était toujours ailleurs. Un jour, au bout de plusieurs années, j'en ai eu assez de son silence et de son moral en berne qui ne se relevait jamais. Elle était devenue maigre et blanche comme un cadavre. Elle me faisait peur. Cet après-midi-là, je l'ai secouée et je lui ai demandé ce qu'elle avait depuis tout ce temps. Je lui ai demandé si quelqu'un lui avait fait du mal, si elle était malade. J'avais besoin de réponses. Comme elle refusait de me répondre, je lui ai fait un chantage : je lui ai dit que nous ne nous verrions plus jusqu'à ce qu'elle soit décidée à me parler. Eh ben, vous savez quoi ? Elle a tenu. Nous ne nous sommes plus revus pendant trois ans. Nous nous croisions évidemment, c'est un petit patelin ici, mais elle changeait irrémédiablement de trottoir dès qu'elle me voyait et me regardait en coin. Puis la vie a continué et je me suis mariée. Un jour qu'il pleuvait des cordes, quelqu'un a tambouriné à la porte de chez moi. J'ai cru que c'était mon mari -il faut vous dire que je me suis mariée jeune- je suis allée ouvrir. Et bien, devinez quoi ? C'était pas mon mari, c'était la petite Aphasie, le visage tout mangé d'hématomes. Elle s'en était pris des gifles la môme. C'est que ça rigolait pas chez elle. Je l'ai fait asseoir et c'est là, toute grelottante dans ma cuisine, qu'elle a tout déballé, comme quoi elle voyait des morts dans son sommeil, que ça avait commencé quand elle a eu treize ans et que ça ne s'était jamais arrêté depuis. Toutes les nuits, des défunts la visitaient pour lui montrer comment ils étaient morts puis, après, comment ils avaient vécu. Ça la rendait folle. En plus dans cet ordre, elle disait que c'était trop, qu'elle les regardait aller à la mort sans pouvoir rien y faire. La veille, elle avait essayé de se foutre en l'air, pour échapper à tout ça qu'elle avait dit. Mais elle s'était ratée et ses parents, qui la croyaient devenue folle, avaient cru bon de lui remettre les idées en place à grand coup de baffes dans la figure. Croyez-moi, c'était pas marrant à cette époque-là. Nous autres, on n'avait pas la même vie que maintenant, ça c'est sûr.

Toute à son histoire, la vieille femme tordait ses mains traversées de sillons en les frottant sans arrêt l'une contre l'autre. Quant à moi, je buvais ses paroles en essayant de ne rien en perdre. Si, à présent, j'imaginais la pauvre enfant solitaire et malheureuse qu'Aphasie était devenue, je ne comprenais toujours pas le lien qui la reliait à la petite cabane trouvée par Candice, ni sa disparition, ni le pourquoi des photos et du dessin représentant l'existence et la fin d'une sœur défunte.

—Puis elle a tout fait pour se marier, c'est ça ? Pour échapper au joug de ses parents je suppose ?

La vieille femme esquissa un sourire triste.

—Non, vous n'y êtes absolument pas. Vous ai-je dit combien ses parents désiraient que leurs filles s'assurent un avenir confortable dans les sphères de la haute bourgeoisie ? Hein, vous l'ai-je dit ?

J'acquiesçai.

—Bien. Pour Émilie, ça avait été facile : elle était jeune, très belle et le père Ribaud avait quelques relations. En revanche, pour Aphasie qui était moins gâtée par la nature et qui avait développé ce qu'ils pensaient être des désordres mentaux, les choses allaient être plus compliquées. Mais la Providence s'en est mêlée. Dans les années 50, une vieille famille qui avait filé à l'anglaise pendant l'invasion des Boches est revenue, les Marny de Chavet. Allez savoir quelles dégueulasseries ils avaient bien pu commettre pendant la guerre ceux-là. Inutile de vous dire que lorsqu'ils ont réinvesti leur grande propriété, les habitants d'ici n'ont pas tellement apprécié. Des rumeurs couraient. Quand leurs gens passaient, on baissait les yeux et on les traitait de collabos. Ils avaient un fils qui vivait encore avec eux. Mathieu qu'il s'appelait. La trentaine environ. On disait tantôt qu'il restait avec ses parents à cause de la bonne, tantôt à cause du jardinier. Bref, j'imagine que vous comprenez...

Je hochai la tête de droite à gauche. Elle me répondit d'un air agacé.

—Bon, à voile et à vapeur qu'il était. Aujourd'hui, c'est plus ouvert pour ces choses-là mais à l'époque, on n'en parlait pas et c'était un sacré problème pour la famille. Bref, ils ont marié l'Aphasie et le Mathieu. Les parents respectifs ont sauvé les meubles pour l'honneur, ceux d'Aphasie avaient trouvé un nom à particule pour leur aînée, ceux de Mathieu une épouse certes un peu timbrée mais qui, au moins, ne gênerait pas les pulsions de leur fiston. Alors, elle est partie vivre chez eux. Il se dit qu'ils faisaient chambre à part. N'empêche qu'ils ont eu un fils, le père de Candice. Il a bien dû arriver de quelque part quand même. Les Marny de Chavet se sont tués peu de temps après la naissance du petit-fils dans un accident de voiture. Puis le père Ribaud a attrapé une vilaine grippe. La mère l'a suivi quelques mois après, de chagrin sans doute. Pendant cette période, Aphasie et moi nous retrouvions de temps en temps. Au début, elle paraissait avoir retrouvé un certain équilibre. Puis, au fur et à mesure, elle a perdu pied. C'est à son regard que je le voyais : il s'agrandissait de tristesse un peu plus chaque jour. Elle dépérissait. Elle disait que c'était tous ces morts qui la minaient. Qu'elle rêvait de sa belle-mère toutes les nuits, qu'elle n'en pouvait plus. Je lui ai conseillé d'en parler à son mari. Vous pouvez pas imaginer à quel point j'ai pu regretter ce que je lui ai dit ce jour-là.

—Pourquoi avez-vous regretté ? Il ne l'a pas cru, c'est ça ?

—Vous pensez ! Non seulement il ne l'a pas cru mais, en plus, qu'elle ose parler des secrets de sa mère, rapport à ce qu'elle avait vu dans ses visions évidemment, ça l'a mis dans une rage folle. Les domestiques ont raconté qu'ils l'ont entendu crier plusieurs fois avant de ne plus l'entendre du tout. La cuisinière m'a expliqué qu'il lui a fait descendre les escaliers en la tirant par les cheveux et, qu'après ça, il l'a jetée dans la cabane au fond du jardin. Et tout ça devant les yeux de son fils qui ne devait pas avoir plus de cinq ans. Moi je ne l'ai pas revue après ça. Je savais qu'elle était vivante parce que la cuisinière m'avait glissé que chaque jour elle devait préparer un repas supplémentaire et l'apporter devant la fenêtre de la cabane, fenêtre à laquelle on avait fait installer des barreaux.

—Et vous n'avez rien fait pour tenter de sauver votre amie ?

Elle me regarda fixement avant de baisser le regard avec abattement et de hausser les épaules.

—Non, rien, c'est vrai. Par la suite, plus de dix

années après je dirais, on a appris par le journal qu'Émilie avait été assassinée. Quelques semaines plus tard, la cuisinière est venue me voir en me disant qu'Aphasie avait disparu. On en a déduit que soit elle s'était échappée pour aller se suicider quelque part, soit que le Mathieu avait terminé le travail qu'il avait commencé une dizaine d'années auparavant en la tuant pour de bon.

—Et ça vous a suffi ? Je veux dire, c'était votre amie et vous n'avez rien tenté pour savoir ce qui lui était arrivé ? Son sort vous était égal ? Comment est-ce possible ?

Aussitôt, j'eus honte du ton inquisiteur avec lequel j'avais prononcé cette dernière phrase. Elle fit mine de n'avoir rien entendu et ne releva pas.

—La police l'a cherchée un temps, elle a interrogé des personnes, elle a fouillé les alentours et la forêt avant d'abandonner toutes les recherches, je ne sais pas trop pour quelle raison.

Elle me fixa de ses yeux transparents avant d'ajouter :

—Ne croyez pas que je n'en ai pas souffert. Ne croyez pas que je n'ai éprouvé aucune culpabilité. Mais qu'aurais-je pu faire face à ce Mathieu à qui il suffisait de claquer deux doigts pour que le chef de la police arrête tout ? Hein, dites-moi, vous auriez fait quoi à ma place ?

Je sortis de chez elle en début de soirée et me dirigeai vers l'unique hôtel de la petite ville dont elle m'avait indiqué l'adresse et qui n'était situé qu'à quelques encablures de chez elle. En dépit de sa proximité, je me perdis dans les multiples impasses, gênée dans ma respiration par les centaines de moucherons minuscules qui tentaient de s'infiltrer par mon nez et par ma bouche. Ce n'est qu'au bout d'une bonne demi-heure que je parvins à trouver la jolie vitrine, surmontée d'une enseigne clinquante qui figurait un cheval blanc. J'entrai et demandai à la femme qui tenait le bar et la réception une chambre libre. Elle me tendit une clé en me demandant si je désirais dîner. Je répondis par l'affirmative avant de monter un escalier impeccable et d'ouvrir la porte d'une chambre simple mais fonctionnelle. Je redescendis prendre un repas que j'avalais péniblement, ressassant le destin tragique d'Aphasie, réalisant qu'elle avait assisté, impuissante, à la mort de sa sœur, comprenant l'ampleur de sa solitude et, à travers elle, l'ampleur de celle qui m'attendait. Comment cela avait-il pu tomber sur une jeune fille à peine adolescente ? Et surtout, pourquoi ? Avait-elle lutté ? Avait-elle cherché à nier ses visions ? Ou, au contraire, s'était-elle vite résignée à porter ce poids que je réalisais à peine ? S'en était-elle protégée un peu, par un moyen dont je n'avais pas encore idée ou retrouvait-elle dans la délectation, à chaque fois qu'elle s'endormait, ces êtres qui n'étaient plus là que pour elle, ces personnages secrets, ces défunts qui peuplaient ses rêves ? Et si les deux sentiments cohabitaient en elle, comme pour moi ? Si la curiosité, l'impérieux besoin de savoir ce qui avait conduit ces gens à leur mort n'avait pas, parfois en tout cas, surpassé un tant soit peu le calvaire, la difficulté à faire face, l'impression d'être minuscule pour ce monde immense qui s'ouvrait à elle chaque nuit ? Et d'en oublier sa propre vie pour ne vivre plus que celle des autres, si prégnantes, déjà terminées pourtant. Et s'y glisser toute entière. Et ne pas pouvoir se départir des souvenirs qui ne vous appartiennent même pas, comme d'une mélasse qui englueraient vos cheveux, votre visage, votre corps et qui, peu à peu, vous recouvre.

Je sursautai quand la patronne vint poser l'addition sur la table.

—Ça a été quand même?

Je la regardai d'un air ahuri. D'un signe de tête, elle m'indiqua l'assiette que je n'avais presque pas touchée.

—Oui, c'était très bon mais je n'avais pas faim en fin de compte. Je ferais mieux de monter me coucher.

La chambre confortable mais impersonnelle m'avala dans sa lumière citron. Submergé par le trop-plein d'informations de cette journée, mon corps me commandait de m'étendre et de dormir. Quant à ma tête, elle n'était plus certaine de vouloir dormir à nouveau.

Bonheurs

Les années passent. Vite. Ils s'apprennent, se rapprochent. Les projets de vie commune deviennent un sujet de conversation récurrent : ce qu'on fera, ce dont on rêve, les amis qu'on verra, la famille qu'on se fabriquera, ce qu'on ne deviendra pas, jamais. Elle a remarqué qu'on venait de construire une jolie cité tout en haut de la ville. De temps en temps, elle passe devant. Les immeubles flambants neufs sont clairs. Elle tient de source sûre que les intérieurs sont splendides, les volumes intéressants, les agencements à la dernière mode. Quant aux ascenseurs, ils possèdent des portes coulissantes et des miroirs dans les cabines. Un véritable luxe. Elle se dit qu'ils y seraient rudement bien. Et, souvent, elle le lui dit, d'ailleurs.

La vie maintenant n'est qu'une succession d'apnées solitaires entre deux instants où ils sont ensemble. Les copains gravitent autour d'eux, les frangines aussi. À la périphérie de ces moments simples d'une existence en construction, il y a les mères qui, pour l'une, regarde de travers du haut de son perchoir comme un corbeau maléfique et, pour l'autre, accueille cette belle-fille comme une nouvelle épaule sur laquelle s'appuyer.

Tandis que lui, devenu employé des PTT, trie le courrier la nuit, elle travaille sur le marché de Rungis. Comme elle ne conduit pas encore, c'est lui qui l'emmène tous les matins après sa nuit sur les plates-formes de tri. Dans les aubes froides, le chauffage allumé, il lui raconte l'itinéraire de ces enveloppes pour lesquelles il invente des histoires impossibles pendant qu'elle, encore perdue dans les affres du sommeil, peine à se réchauffer et l'écoute d'une oreille distraite en se frottant les yeux. La voir tout engourdie le fait sourire. Il l'appelle « Bébé ». Courage, Bébé, le week-end nous appartient toujours et le reste n'est d'aucune utilité.

Ce week-end-là, Loulou est tout guilleret. Il siffle, embrasse, rit aux éclats. Et puis, finalement, il n'y tient plus. Tout sourire, il tend une enveloppe à Pascale qui n'y comprend rien. Elle l'ouvre. Ses yeux et sa bouche s'agrandissent à mesure que son regard découvre les lignes inscrites à la machine à écrire. Quand, enfin, elle comprend tout à fait, elle lui saute au cou et ne peut réprimer un petit cri de joie. Un deux-pièces, dans la cité nouvelle, celle dans laquelle elle se voyait tant. Ça pour une surprise. Et lui qui a tout fait tout seul, en secret. Elle n'en revient pas.

Elle court chez elle, le cœur en fête.

—Comment ça, tu quittes la maison ? Non mais ça va pas ? T'es même pas majeure...

—C'est pas grave ça, maman. Je travaille et je suis capable de m'assumer.

—T'assumer, t'assumer. Non mais qu'est-ce qu'il ne faut pas entendre. T'assumer ? T'as même pas de quoi te payer à bouffer avec ton salaire minable.

—Non mais Loulou, lui, il...

—Ah non ma petite fille. C'est pas à lui de te nourrir. Parce que le jour où il voudra plus de toi, hein, tu feras quoi ce jour-là ? Tu feras quoi quand ça arrivera ? Parce que tu sais, ça finit toujours comme ça.

Pascale pleure. Pourtant, elle connaît sa mère, le fiel qu'elle déverse à tout bout de champ, parce que malheureuse, parce qu'elle a tout raté, parce qu'elle est passée à côté, parce qu'à trente-cinq ans, elle n'est déjà plus que l'ombre d'elle-même. N'empêche, elle pourrait, au moins pour une fois, lui dire qu'elle fait le bon choix, la soutenir, lui proposer d'aller avec elle acheter quelques serviettes et deux trois torchons. C'est ça que font les mères. Au lieu de ça, des saloperies qu'elle lui envoie encore et toujours dans la tronche.

Les sanglots qui l'étouffent l'empêchent de hurler.

—Non, c'est pas vrai, qu'elle lui répond en aboyant, ça finit pas toujours comme ça. On n'est pas obligé de se parler comme à des clebs ni de se taper dessus ; on n'est pas obligé de picoler, on n'est pas obligé de s'infliger tout ça. On peut aussi être heureux. On peut aussi faire en sorte que ça marche. On n'est pas forcé de finir comme papa et toi, comme des riens dans un caniveau !

Une gifle monumentale vient s'abattre sur la joue humide de la jeune femme. De toute sa hauteur, la mère toise la fille qui s'effondre d'impuissance. Le père, alerté par les éclats de voix, passe la tête dans l'entrebâillement de la porte avant de repartir s'asseoir sur le canapé du salon en haussant les épaules. Les sœurs entendent mais ne s'immiscent pas. La benjamine se dit que Pascale n'aurait pas dû dire ça à la mère. L'aînée, quant à elle, se dit que la mère ne l'a pas volé, qu'on ne peut pas passer son temps à dire du mal aux gens sans quelques retours de bâton. Vlan, la porte. Les voisins, eux, se rassurent : il faut bien que jeunesse se passe.

Un nid d'amour qu'ils se sont fabriqué. Moderne. Un appartement qui leur ressemble. Un peu à lui, un peu à elle. Du beige pour le salon, du marron pour la chambre, du jaune et du bois pour la cuisine. Ils y seront heureux. Il y a même un cagibi.

Ils y sont heureux. Bien sûr, la semaine, ils ne se voient pas beaucoup. Elle travaille la journée, lui la nuit, ça ne rend pas les rencontres évidentes. Mais bon, on se dit que c'est provisoire. Le samedi soir, les copains défilent : les soirées enfumées, la musique forte. Chaque dimanche, il lui ramène des fleurs, des roses rouges. Elle, progressivement, devient maîtresse de maison. Elle s'étonne d'avoir ça en elle, se découvre bonne cuisinière. Parfois, ça parle de mariage. Mais de loin. Mais de dos.

Parce que bon, ça ferait des frais et qu'on est encore jeunes. Quant à l'enfant, peut-être bien. Mais pas tout de suite non plus, hein.

Pourtant, un beau jour, Pascale réalise avec l'aide d'un médecin que quelque chose s'est installé en elle, quelque chose qu'on n'attendait pas, pas maintenant en tout cas. Elle craint la réaction de Loulou. Elle craint qu'il lui demande d'avorter. Elle craint peut-être plus encore qu'il ne la supplie de le garder. Elle, elle ne sait pas. Elle a peur, c'est tout. Après tout, c'est encore une gamine, une gamine qui risque d'avoir un gamin. Doucement, à l'abri des regards dans son deux-pièces pensé pour le bonheur, elle pleure sur ses rêves de paillettes et de concours de beauté envolés.

Le matin suivant, elle ne va pas travailler. À Pascal qui lui demande ce qui ne va pas, elle répond viens, on va s'asseoir et je vais te faire un café. À son amoureux qui insiste et qui s'angoisse, elle continue, Tu sais, c'est pas moi, je n'y suis pour rien, je ne l'ai pas fait exprès, ne m'en veux pas. À son compagnon qui ronge son frein en s'imaginant Pascale dans d'autres bras, elle lance enfin, un bébé, là, juste là. Alors on fait quoi ? Lui est ému. Un enfant. À lui. À eux. Une promesse. Être père, à son tour. Transmettre son nom, comme un hommage à son père à lui. Et le reste aussi. Cet enfant, il l'aime déjà. Mais, dis-moi, on n'est pas un peu trop jeunes quand même ? On est jeunes mais on est forts. Alors on va réussir, forcément. Et puis on va se fiancer, rendre les choses officielles.

Son bonheur à lui aplanit ses craintes à elle. Et elle oublie ses paillettes, le temps d'un café autour d'une table en bois.

Quatre mois se passent. Quatre mois de préparatifs, de prises de bec aussi, les premières en fait. Inviter qui. Inviter où. Inviter combien surtout. Lui rêve de cérémonies grandioses, de centaines d'amis réunis pour eux, pour une fois. Elle, plus terre à terre, pense budget, restaurant, détails pratiques et logistiques. Et sa mère, qui ne cesse de lui dire, non mais tu te crois où ma fille, tu te prends pour qui, la reine d'Angleterre ? Entre deux feux, elle ne sait plus, ni ce qu'elle est, ni ce qu'elle veut. Et ce ventre, qui s'arrondit et qu'elle ne contrôle pas, et ces coups dans son abdomen, de plus en plus forts. Non, elle lui dit, non, vingt personnes, ni plus ni moins. Toi, tu n'auras qu'à choisir le restaurant. Comme ça, on est quittes. Bien, qu'il lui répond, alors je veux des fleurs, de l'herbe, un parc, du gibier, un trou normand et toi, au milieu de tout ça, comme une princesse.

Le jour dit, un soleil majestueux illumine la cour du restaurant dans lequel les convives, qui arrivent au compte-gouttes, se rassemblent peu à peu. À chaque nouvelle tête, ce sont éclats de rire et tapes dans le dos pour les plus jeunes, salutations polies, hochements de tête discrets pour les plus âgés. Comme s'ils savaient, eux, parce qu'ils en ont vu d'autres.

Au bout d'un certain temps, sous les acclamations d'une assistance déjà conquise, les acteurs principaux sortent d'une automobile louée pour l'occasion. Lui, d'une élégance raffinée dans son costume cintré noir et sa chemise blanche, avance d'un pas décidé sur les graviers poussiéreux en tenant le bras de sa jeune fiancée. Elle, elle est resplendissante : d'une blondeur toute platinée, elle porte une robe rouge à pois blancs qui ne cherche pas à dissimuler ses rondeurs gracieuses. Personne ne reste insensible à cette jeune femme porteuse de vie ; tous conviennent qu'ils forment un couple magnifique et qu'ils étaient nés pour s'unir.

Pendant ce temps, Micheline se pavane auprès de ses filles. Une mère si jeune pour trois filles si belles, c'est fou. Quant à Suzanne, elle reste discrète, vaguement en retrait. Évidemment, elle salue les copains du fils, du grand fils. Mais le cœur et la tête n'y sont pas vraiment. De loin, elle observe le couple heureux : son fils, beau comme l'était son père ; sa belle-fille, bien plus jolie qu'elle ne l'a jamais été. Des souvenirs remontent à la surface et ça fait des taches sur les fiançailles.

9

Ils semblaient si heureux. Quand j'ouvris les yeux, ces derniers étaient encore remplis de la splendeur de ce jeune couple. J'étais à leur réception de fiançailles, j'étais à côté des mères, à côté des amis, à côté d'eux. J'étais dans chacun des esprits, dans chacun des cœurs. J'étais là sans y être, j'étais là mais invisible, j'étais là mais pas pour eux, j'étais là mais ce n'était pas tout à fait moi. J'étais là et j'en crevais. J'enviais jusqu'à la douleur leur bonheur, leur quotidien, leur visage radieux, leur amour. Tout en connaissant la fin. Je n'y pouvais rien. J'aurais voulu les toucher, faire partie d'eux, de leur univers. Tant voulu qu'ils me voient comme je les voyais, qu'ils me sentent comme je les sentais, qu'ils m'entendent comme je les entendais. Les prévenir aussi. Maintenant la joie qui écrase, là-bas la chute, le silence et le néant. Mais je n'étais rien pour eux, rien à leurs yeux passés. Rien. Inutile. Eux inconscients et heureux tandis que je perdais pied à souhaiter par-dessus tout les prémunir d'un mal que je ne connaissais que trop. Eux endimanchés et enivrés d'avenir pendant que la nausée me montait de connaître déjà la suite.

La lumière agressive du soleil éclaboussait toute la pièce et semblait répondre, comme en écho, aux rayons magiques d'un dimanche de fiançailles. Le même soleil. C'était il y a plus de trente ans. Bien avant moi. Des larmes silencieuses roulèrent sur mes joues et abîmèrent le contour de mes lèvres d'humidité salée.

Je restais étendue sur le lit une éternité, immobile, à regarder le plafond, à en détailler les moindres sillons, les fissures et les auréoles formées sous une peinture de piètre qualité. Je pensais en vrac à tous ceux que j'avais croisés ces derniers jours et à quel point ma vie avait basculé le jour où j'avais découvert la photographie de cette jolie jeune fille au chapeau. Je pensais à ce que j'étais et à ce que je ne serais jamais plus, à ce que j'allais devenir et à ce que je ne deviendrais pas ; à ma mère, à laquelle je ne ressemblerais pas ; à Aphasie, qui avait payé bien cher le prix de ses visions ; à Candice, qui voulait entrer dans une danse qui la dépassait, à la vieille Gisèle Barbet qui m'avait ouvert son passé pour mieux en supporter le fardeau, à Fanny Loup, à Pascal et Pascale, aux mères inquiètes, aux sœurs, aux potes. Je pensais trop, à m'en labourer la tête.

J'étais seule ; j'avais mal.

Je me levais, une boule au creux de l'estomac. Il était déjà plus de dix heures et mon portable, que j'avais pris soin de mettre en mode silencieux, clignotait furieusement. Deux messages et quatre appels en absence. Un message de ma mère, se plaignant de mes silences, de mon absence, de mon manque d'énergie. Un SMS de Candice aussi. « Alors ? » Lui dire, mais choisir les mots, pour ne pas froisser sa jolie jeunesse, pour ne pas abîmer l'image du père et du grand-père déjà altérées, lui dire, tu sais ça été compliqué pour Aphasie, compliqué pour son mari, compliqué pour son fils. Lui expliquer que juger c'est toujours mal comprendre.

Je n'avais plus rien à faire à Sainte-Ménehould, dans cet endroit où tout m'était étranger. Je sortis de l'hôtel et marchai sous la chaleur en traînant des pieds jusqu'à la gare. Là, un panneau d'affichage m'informa qu'un car serait là dans une bonne vingtaine de minutes. Juste le temps qu'il me fallait pour lancer à Candice des mots d'apaisement par un texto abrupt et sans saveur, qui disait tout sans rien dire du tout. Juste le temps qu'il me fallait pour rappeler ma mère et la rassurer un peu en priant de ne tomber que sur le répondeur.

Trajet sans intérêt. Une épouvantable lassitude m'envahit pendant que défilaient sous mes pieds immobiles des kilomètres de rails. Pour tromper l'ennui, je cherchai un sommeil qui se refusait à moi, ce sommeil comme un passage qui me conduirait à eux.

Lorsque j'arrivai à Paris, l'air avait atteint une terrible touffeur. Un nuage de pollution gris écrasait les têtes des citadins. Je rentrai chez moi. Je ne désirais rien de plus que de me retrouver dans mes meubles et parvenir à fermer les yeux pour voir danser mes nouveaux compagnons. Je tirai les rideaux et passai plusieurs heures dans la pénombre à ressasser pour finalement tomber dans un sommeil étrange l'espace de quelques minutes.

L'enfant

Une fille. Une petite fille de 2 kilos et 650 grammes née de la douleur de sa mère. Un accouchement si difficile, si long pour un si petit bébé. On en rirait presque si on n'était pas si épuisés.

Devant le berceau en plastique transparent, Pascal pleure. Sa fille, sa vie, ses petites mains, ses petits pieds, ce miracle. Et cette étrange sensation de communion, par-delà les mots et par-delà les gestes. L'enfant, le divin enfant. À la maternité, c'est un vrai défilé : la famille, les copains. On félicite les parents, on admire la petite. Chacun y va de son commentaire : c'est vrai qu'elle a beaucoup de son père. Non, non, elle a les yeux de sa mère. Ah non, je regrette, regarde mieux, c'est le portrait craché de sa grand-mère. Les plus conciliants diront alors qu'elle a un peu des deux et que c'est bien normal, puisqu'il faut être deux. Tout le monde a fait le déplacement. Cette petite, que personne n'attendait vraiment, est accueillie à bras ouverts. Et Loulou, fier comme un serin, est un coq en pâte devant toutes ces personnes massées au-dessus de l'enfant endormie. Pascale, elle, est extrêmement fatiguée. Elle aimerait leur dire de ne pas rester trop longtemps, de baisser la voix afin de ne pas réveiller le bébé, de revenir, demain par exemple, voilà, c'est bien demain. Pourtant, quand elle regarde les yeux toujours humides de Loulou et la joie qui irradie son visage, elle n'ose pas interrompre la fête. Il est si heureux.

Quelques jours plus tard, ils rentrent à la maison, le nouveau-né au creux des bras. Un petit couffin en bois trône près du lit des jeunes parents. Avec mille précautions, le père y dépose le nourrisson qui dort paisiblement. Pascale et Pascal ne se lassent pas de regarder leur poupée sourire aux anges et s'assoupir. Tu es, petit enfant, tu es la promesse d'un avenir radieux ; tu seras, amour de notre vie, notre raison et notre dessein. C'est *nous* désormais, nous envers et contre tous, nous contre vents et marées, nous face à la lune, nous, nous, nous. Dans l'intimité de la chambre marron, cachés par des rideaux lourds et épais, ils observent l'être qu'ils ont créé et n'en reviennent toujours pas. Tout à coup, Pascal saisit la main de Pascale et, effleurant la peau laiteuse du bout des lèvres, murmure un merci. Elle lui sourit. Elle ne pense pas, je t'en prie, ou merci à toi. Parce qu'à elle, ça lui a coûté, quand même, cette naissance.

Passent les mois. Le temps file à une allure folle. L'enfant, désormais, parle. De plus en plus, de mieux en mieux. Aux premiers pas, qui l'ennuient, elle préfère les premiers sons. Dans sa bouche, des syllabes, des mots. Et puis, très vite, des phrases, complètes, complexes, entières. Sur le terrain de camping d'Argelès au milieu duquel la famille est venue passer quinze jours, de nombreux vacanciers s'étonnent de ce qu'un bébé sans cheveux assis dans une piscine à boudins puisse si bien s'exprimer.

—Mais, enfin, quel âge a-t-elle ?

—Elle a seize mois, répond fièrement la mère en posant la main sur le dos de l'enfant joufflue.

—Seize mois ! Eh ben, elle parle rudement bien pour seize mois.

La mère réajuste avec tendresse le bob dentelé rose sur le crâne fragile de la petite fille.

—Et elle marche ?

—Non, pas encore, avoue la mère, un brin

honteuse cette fois.

—Remarquez, hein, on ne peut pas tout faire. À cet âge, soit on marche, soit on parle. En tout cas, c'est la première fois que je vois une enfant de cet âge si éveillée. Bon, bah, bonnes vacances. À bientôt peut-être.

Sur la plage, Loulou brandit sa fille comme un trophée. Jamais il n'aurait pensé pouvoir être à ce point attaché à quelqu'un.

Après les vacances, le retour à la maison, la reprise du travail, les soirées entre potes pour lui, l'enfant qu'il faut veiller pour elle. Loulou ne comprend pas toujours qu'il faut du calme pour enrober cette existence fragile. Finies les après-midi à refaire le monde dans un bistrot saturé de fumée, terminées les soirées alcoolisées à se mettre la tête à l'envers, abandonnées les courses de moto. Elle lui a dit, un jour qu'il était tombé, c'est trop d'angoisse pour moi, trop, bien trop, alors tu comprends, c'est elle ou moi, ta moto ou ta famille. Et lui, évidemment, il a choisi la femme et l'enfant parce qu'il ne peut pas en être autrement. Mais pas sans un pincement au cœur. Et la liberté, qu'il chérit tant, vient bientôt à lui manquer. Même s'il ne le se dit pas comme ça, même s'il choisit d'autres termes, même s'il ne s'avoue pas vraiment les choses. Quant à Pascale, elle a les cris et les pleurs, à défaut d'avoir toujours les mots. La jeune enfant cristallise les tensions qui apparaissent régulièrement, une fois par mois d'abord, une fois par semaine ensuite, une fois par jour enfin. Lui s'échappe, n'est pas souvent là. Quand il rentre, l'appartement devient trop petit pour ce couple qui s'éteint. Le quotidien harassant de la femme, une adolescente encore, dix-neuf ans à peine, s'imprime prématurément sur son visage. Aux nuits sans sommeil succèdent les journées sans intérêt vraiment. Elle attend le week-end. Elle attend les vacances. Elle attend. Et elle pleure, de trop attendre. Et les roses, qu'il continue à lui offrir chaque dimanche matin, n'y font rien ; elles ne parviennent pas à panser la plaie qui s'ouvre de plus en plus profondément. Et les roses, qu'il brandit comme un chevalier qui n'a plus d'arme, se retournent têtes basses contre lui, impuissantes et désolées. La petite fille, tour à tour, regarde son papa et sa maman. De l'amour pour elle, de l'amour pour lui. Et elle comprend, bien plus qu'elle ne le devrait dans ce petit crâne blond et fait pour l'insouciance. Et elle comprend, même si ça peut paraître fou de comprendre tant de choses à cet âge, qu'on ne lutte pas contre le désamour et que, peu importe la volonté qu'elle y mettra, la foi qu'elle investira, les regards embués d'amour qu'elle leur lancera, elle ne pourra rien empêcher. Elle a trois ans, se sent vaincue, porte un poids bien lourd pour ses frêles épaules. Serait-ce de la culpabilité que l'on voit poindre au fond de ce petit esprit ? C'est moi qui les rends malheureux, c'est moi qui les empêche de s'aimer mieux, c'est moi qui entrave leurs songes et leurs espoirs.

Alors on déménage. Un trois-pièces, dans le même immeuble. Une aubaine. C'est plus grand, un espace pour chacun. Une chambre rose pour la petite fille, des meubles hors de prix. Les parents veulent ce qu'il y a de mieux pour leur enfant. Suzanne, la mère de Loulou, les aide un peu, financièrement s'entend. Pour le reste, on reprend les meubles de l'ancien appartement et on recommence. À nouveau, on y croit. Comme quoi, finalement, ça ne tenait pas à grand-chose, on se séparait à une pièce près. Ce qu'on peut être idiots parfois.

Le mariage, que l'on remet sur le tapis de temps à autre, n'aura pas lieu. Tout comme le baptême de la petite fille. À chaque fois qu'ils en parlent, c'est la même rengaine : lui rêve de démesure, de dizaines de copains, de fêtes jusqu'au bout de la nuit. Quant à Pascale, elle ne veut pas aller à l'encontre de Micheline, sa mère qui, dans l'ombre, lui rappelle qu'elle n'est pas grand-chose, que ces cérémonies n'ont aucun sens, que c'est une belle connerie. Alors, dans le doute, on ne fait rien, on attend, quoi, que ça passe, que la lumière se fasse, que la vie décide à leur place. La motivation n'y est pas. Le cœur non plus à vrai dire.

Au bout de quelques semaines, les reproches cachés sous la moquette se remettent à tinter autour d'eux, les mots prononcés trop fort aussi, ceux qu'on ne pense pas, ceux qu'on pense. Décidément. Personne ne prend la peine de baisser la voix pour que la petite n'entende pas. Alors, forcément, elle entend. Quand elle n'écoute pas. À chaque fois, la hargne de sa mère envers son père la brise un peu plus. Le père, lui, baisse la tête, faisant pleuvoir sur lui encore plus d'attaques de la part de la jeune femme qui s'échauffe devant l'absence d'adversaire. L'enfant aimerait tant prendre la place de son papa pour qu'il puisse se reposer. En secret, elle supplie : que maman me gronde moi, qu'elle laisse mon pauvre papa tranquille. S'il-vous-plaît. Pitié.

Pendant que les adultes s'occupent, la petite fille se remet à faire pipi au lit.

Une nuit, l'enfant se réveille en sursaut. Un véritable tapage qui vient de la cuisine, un rai de lumière vive qui passe sous la porte bien fermée de sa chambre. Entendant le tintamarre, la petite fille ne résiste pas au besoin de se lever. Le pouce dans la bouche, un long drap qui traîne par terre, elle découvre sa maman plantée au milieu d'un amoncellement de morceaux de faïence blanche, assiettes et bols pulvérisés, le visage ravagé par les larmes. Le père, lui, est assis dans le salon plongé dans la pénombre d'une nuit sans lune. La tête entre les mains, les épaules qui se soulèvent frénétiquement. Sanglots d'une existence qui s'effondre. Ni l'un ni l'autre n'aperçoit l'enfant discrète qui vole un court instant avant de retourner au silence de son lit froid imaginer d'autres lieux en d'autres circonstances. Papa pleure ; maman pleure. Demain y a école.

Loulou, pourtant, ne pense qu'à elle, sa fille, sa princesse. Pascale, pourtant, ne pense qu'à elle, sa petite, sa douce. Et personne, pourtant, ne pense à s'assurer du sommeil de la petite fille. Et personne, pourtant, ne s'imagine que rien ne pourrait remplacer le réconfort de bras qui ne viendront pas. Le beau désastre que voilà.

Un peu plus tard, la mère fait irruption dans la chambre rose. La lumière est trop forte pour les yeux de l'enfant qui les ouvre et les frotte de ses petits poings serrés.

—Viens ma douce, on s'en va.

La voix est mal assurée. L'enfant articule mal.

—On va où maman ?

—On va chez mémé. Lève-toi, il faut mettre un

pull.

—Et papa, il va où, papa ?

—Papa reste là.

—Pourquoi il reste là, papa ? Dis, pourquoi il vient pas ?

—Chut ma douce, ne t'inquiète pas. On va aller faire dodo chez mémé.

Pascale soulève sa fille et la tient tout contre elle. Peu à peu, les yeux de la fillette s'habituent à l'éclairage blanc du couloir. Au bout de celui-ci, elle devine son père voûté. Pendant que la mère ouvre la porte d'entrée et que la fraîcheur saisit le petit corps encore tout somnolent, Loulou n'est déjà plus.

Dans la rue, de rares voitures passent à vive allure, tous phares allumés. Leurs accélérations abîment le silence. Quelques fenêtres éparses sont encore éclairées malgré l'heure tardive. Une femme fume. Elle se dit qu'il serait grand temps d'aller dormir, comme tous les gens normaux. Maudite, maudite insomnie. Une autre, deux étages plus bas, ramasse un dîner préparé pour un amant qui n'est pas venu. Deux frères adolescents chuchotent dans leur chambre en avalant des gâteaux au chocolat dérobés dans le placard de la cuisine. Un homme somnole devant la mire de son écran de télévision. Aucun d'eux ne soupçonne l'apocalypse. Les voisins, aveugles et sourds, n'ont évidemment rien vu, rien entendu. Chacun dans sa bulle, chacun dans ses chaînes. Et ils se foutent bien qu'un jeune père de famille, cette nuit, soit broyé, à deux portes de chez eux.

La petite fille, recroquevillée sur la banquette arrière de la voiture, grelotte. Les dernières lueurs se gomment à la faveur de la nuit pendant que les yeux de l'enfant tentent de percer le mystère des points lumineux qui disparaissent. Dans un pincement, elle pense à son père resté là-haut, seul. Elle l'imagine effrayé et malheureux, ensanglanté de cette partie de lui qu'on vient de lui arracher. Et de s'adresser en pensées à la nuque déterminée qui dépasse du siège avant : maman, tu es sûre qu'il n'y a rien d'autre à faire ? Rien d'autre à espérer? Rien d'autre à tenter ? Et papa, il va en mourir papa. Mon petit papa. Mon pauvre petit papa.

Sans hésitation, Pascale allume le contact. La voiture démarre dans un bruit de tonnerre qui résonne et claque sur les bâtiments de la cité avant de s'éloigner. On n'entend plus que les roues sur le bitume déformé. La détresse, elle, est aphone.

10

Je m'éveillai mais gardai mes paupières obstinément fermées. Je ressassais, voyais le même film. À chaque fois, j'observais, impuissante, ce couple se détruire. Comme j'aurais aimé prendre sa main à elle, la poser sur sa main à lui et couvrir leur peau de la mienne. Cela aurait été un abri pour qu'ils puissent comprendre que la distance qui s'installe ne remplacera jamais le nid qu'ils s'étaient construit. L'enfant, qui sait parler, ne dit rien. Il aurait pourtant fallu qu'elle leur montre la voie, qu'elle leur dise le gâchis, le manque qui suivra, les êtres abîmés et la vie qui ne sera jamais celle qu'ils avaient rêvés. Peut-être l'auraient-ils écouté, la poupée qui aurait énoncé des vérités ?

Sans pouvoir me contenir davantage, je me mis à pleurer pour ces trois anges qui étaient en train de se perdre, presque sous mes yeux, et qui n'en savaient rien.

La colère et la peine me submergèrent tant que je m'entendis hurler : reprenez-vous, bon sang, reprenez-vous ! Regardez ce que vous êtes en train de faire ! Regarde-le, regarde-la. Demandez-vous, c'est quoi qui compte vraiment ? Est-ce que ça en vaut la peine ? Sans rire.

J'étais accablée par leur manque de clairvoyance et

littéralement déchirée par mon impuissance. C'était clair : on formait une belle brochette d'abrutis, eux et moi.

« Et ce qui vous fait le plus de mal, dans cette affaire, ce qui est le plus insoutenable, c'est de connaître la fin et d'assister, impuissante, à son achèvement. C'est ça, le pire. C'est l'impuissance qui vous rend fou. »

Aphasie avait raison. Elle connaissait si bien son sujet. Je devenais complètement folle de n'être d'aucune utilité face à ce drame qui se jouait. Je finis par me lever, bouillante, et tournai comme un lion en cage entre la chambre et le salon. Que faire bon Dieu ? Que faire ?

Je me devais de rencontrer la petite fille devenue femme, cette Fanny Loup ; la savoir épanouie pour me convaincre que la vie avait continué malgré tout, en dépit du drame presque normal, par-delà la mort ; me rendre compte que le bonheur était possible ; me confronter, enfin, à la véracité de cette histoire. Car, ma raison, têtue, doutait encore.

Je sortis de chez moi pour me poster, comme la dernière fois, en face du domicile de Fanny. La même terrasse, la même table, le même serveur qui, par un hochement de tête accompagné d'un léger sourire, me signifia qu'il m'avait reconnue. Il s'avança :

—Bonjour, ça fait plaisir de vous revoir. Vous êtes revenue l'attendre, la personne de la dernière fois ? Remarquez, c'est un peu indiscret peut-être...

Je haussai les épaules sans parvenir à sourire. Mon incapacité à me rendre aussi sympathique que lui l'était envers moi me serra le cœur. Je n'avais pas la tête à bavarder. Il eut l'air déçu, n'insista pas :

—Bon, bah, qu'est-ce que je vous sers ?

—Un café. Un café serré s'il-vous-plaît. Avec un verre d'eau.

Sans un mot, le garçon tourna les talons.

Mes yeux s'accrochèrent un court instant sur le dos du serveur avant de se remettre à fixer le hall d'entrée de l'immeuble qui me faisait face. Dans le reflet des portes vitrées, il me semblait reconnaître les deux tourtereaux d'Étretat, les mères inquiètes, la liberté, l'amour, le bonheur puis, une image chassant l'autre, les visages tristes des amants en désamour, la mine désenchantée de l'enfant, le tiraillement.

Le garçon de café revint et posa le verre et la tasse avec un fracas qui me sortit de ma torpeur.

—Chère mademoiselle, vous allez dire que j'insiste mais je ne vous trouve pas en forme. Vous qui étiez si jolie il y a trois jours, vous me revenez avec une tête pas possible. Il faut prendre soin de vous, vraiment. Et puis, entre nous, s'il ne vient pas, c'est que c'est un con.

À ce moment précis, une femme blonde d'une trentaine d'années charriant une poussette sortit de l'immeuble. Je la reconnus immédiatement. Je jetai un billet sur la table et me levai d'un bond pour aller à sa rencontre. Le cœur battant, je traversai la route à toute allure avant de m'arrêter à quelques pas d'elle. Si près, j'hésitai. Lui parler, mais sans la brusquer. Lui dire que, mais sans lui faire de mal. Lui faire comprendre, mais en douceur.

Tout mon être me commandait de stopper net, le moment n'était pas encore venu. Je fis demi-tour et demanda au garçon de café s'il pouvait me donner un morceau de papier et un stylo. Heureux de me revoir si vite et de me rendre ce service, il s'empressa d'aller derrière son comptoir avant d'en sortir avec un carton bristol sur lequel, appuyé sur une table, je griffonnai à la va-vite et au crayon à papier un court message à l'attention de la jeune femme que je ne m'étais pas résolue à approcher.

« Pour Fanny Loup,

Je souhaiterais m'entretenir de votre père avec vous. Je vous attendrai à la terrasse du bar qui est en face de chez vous à 10h demain matin. Nous nous y retrouverons. »

Prise d'un remord soudain, je crus bon d'ajouter :

« Si vous en vous êtes d'accord.

Héloïse »

Au verso de la carte, j'écrivis en lettres majuscules « POUR FANNY LOUP » et, à l'aide d'un morceau de scotch que le sympathique serveur me céda, j'accrochai ce qui me parut être le meilleur moyen d'approcher la jeune maman sur les portes d'entrée de l'immeuble.

Les mains dans les poches et le front bas, je

déambulai dans les rues en traînant les pieds. Je me reprochais ma lâcheté, ma difficulté à trouver les bons mots au moment opportun jusqu'aux fautes d'orthographe que je me persuadais d'avoir commises sur ce billet et qui l'empêcheraient, à coup sûr, de le prendre au sérieux et de se rendre au rendez-vous. Je me trouvais lamentable.

De larges nuages gris cachaient un soleil devenu blanc et chargeaient l'atmosphère d'humidité poisseuse. L'orage menaçait. Je pressai sensiblement le pas, tout comme l'immense majorité de ceux que je croisais sur les trottoirs, et arrivai chez moi. Le tonnerre gronda et de grosses gouttes s'écrasèrent sur mes chaussures au moment où je parvins devant ma porte.

Je sortis ma clé et l'enfonçai dans la serrure. À mon grand étonnement, celle-ci n'était pas verrouillée. Une écoeurante odeur de thé s'échappait de mon appartement. Je découvris ma mère, assise droite sur le canapé, soufflant sur une chope fumante qu'elle tenait entre les mains. Lorsqu'elle me vit apparaître sur le perron, elle tourna un visage bouleversé vers moi.

—Ah quand même ! C'est pas trop tôt ! Qu'est-ce-que tu fichais, hein ? J'étais morte d'inquiétude.

Surprise de la trouver là, je bredouillai de vagues excuses auxquelles elle mit fin d'un geste d'humeur.

—Non mais tu réalises ? Ça fait des jours que je t'appelle et que tu ne décroches pas. Toi, tu me laisses un message sans queue ni tête. Je ne sais pas où tu es, je ne sais pas ce que tu fais. Tu as des problèmes Héloïse ? Parce que si c'est le cas, tu sais que je peux t'aider. On trouvera une solution. Et cette tête ! Tu as vu la tête que tu as ? En plus tu as maigri, non ? Tu flottes dans ton pantalon. C'est moche tu sais. Il faut te reprendre. Où étais-tu ? Au cimetière encore ? J'imagine que tu n'étais pas en train de chercher du boulot. Je ne supporte pas de te voir comme ça. Tu fous ta vie en l'air, est-ce que tu comprends ça ? Tu fous ta vie en l'air et moi je ne sais plus quoi faire. Tu me rends folle Héloïse !!! J'en dors plus. Il faut que ça change. Tu m'entends, il faut que ça change. De gré ou...

Ses traits s'altéraient : sa bouche écumait de rage pendant que ses yeux rougissaient, repoussant sans cesse des larmes qui poussaient juste dessous. J'observais sa figure devenir difforme à mesure que le flot de ses paroles se perdait devant mon absence de réaction. J'éprouvais un étrange mélange de pitié et de satisfaction odieuse devant le pouvoir que j'exerçais visiblement sur cette femme d'ordinaire si sûre d'elle. Une partie de moi voulait la rassurer, lui expliquer la folle histoire qui me tenait en haleine depuis plusieurs jours. L'autre se souvenait de ce qu'avait valu à la pauvre Aphasie de se livrer ainsi et m'interdisait toute confidence qui aurait mis à mal, aux yeux du monde, ma santé mentale et m'aurait condamnée à court terme à la camisole de force.

—Bon, maman, tu vois, je vais bien, je suis vivante. Je n'ai pas envie d'aller faire les magasins, je ne veux pas rencontrer qui que ce soit, avoir une existence qui ne me ressemble pas ne me dit rien. Alors oui, je ne suis pas comme toi. Alors oui je suis différente de l'idée que tu t'étais faite de ce que je deviendrais. Mais ça ne fait pas de moi quelqu'un de mauvais.

Je pris une grande bouffée d'air avant de poursuivre le plus calmement possible :

—Maintenant tu prends tes affaires et tu sors de chez moi. S'il-te-plaît. Je ne veux pas qu'on se fâche.

Sans un mot, elle attrapa son manteau posé à côté d'elle et se leva. Au moment où elle me dépassa pour atteindre la porte, elle s'arrêta et planta ses yeux dégoulinant de mascara dans les miens.

—Je suis ta maman. Peu importe les choix que tu fais, je suis avec toi. Je ne veux que ton bonheur. Je ne suis pas non plus le genre de mère que tu aurais voulu mais tu dois faire avec. Nous nous ressemblons plus que tu le croies. J'aimerais tellement que tu me fasses confiance. Je suis capable d'entendre et de comprendre bien des choses tu sais. Mais pour ça, tu dois me laisser une chance. Ne t'éloigne pas de moi Héloïse, je t'en prie. Je n'ai que toi.

Elle partit. Je restai plantée au beau milieu de mon salon, immobile, le visage brûlé par des stries de larmes acides. Les barreaux de ma cage invisible se resserraient. Ma mère venait, inconsciemment, d'en fermer les derniers verrous dans un grincement de ferraille qui m'avait glacée.

Je rongeais mon frein, luttais pour ne pas la rattraper. Dans le même temps, je désirais ardemment qu'elle s'efface car sa souffrance m'était intolérable. J'étais écartelée dans la prison de mon âme et me cognais contre chacun de ses murs. Ne sachant que faire, vers qui ou quoi me tourner, je tombai à genoux.

Amorce

La fille et la mère dorment ensemble, souffles et membres mêlés.

Depuis le retour de sa fille au bercail, Micheline crâne. Tu vois, qu'elle lui dit souvent, tu vois je te l'avais bien dit. Bah oui, c'est toujours comme ça ma petite fille. Toujours. Les hommes, il faut rien leur laisser. Autrement, ils prennent tout.

Pascale réapprend à vivre chez ses parents. Pas facile tous les jours. Il faut slalomer entre les disputes incessantes, les fréquentes empoignades, supporter les réflexions de la mère, les inflexions du père, les échecs et les ratés, le besoin de le faire payer aux autres. Mais bon, c'est temporaire, c'est sûr, c'est en attendant. Alors elle prend son mal en patience. Et puis quand elle voit sa jeune enfant jouer paisiblement, elle n'a aucun remord, aucun regret. J'ai bien fait, qu'elle se dit, et je continue à faire bien. La détresse de l'enfant, qu'elle pressent de temps à autre, elle la balaie d'un coup sec. Elle s'en remettra, se dit-elle, ce n'est pas si grave. Et puis, il vaut mieux ça que des parents qui se tapent dessus. Et surtout, surtout, je suis capable de l'élever seule, ma fille.

Loulou est désormais seul dans un appartement trop grand pour lui. Les premiers jours, il reste prostré sur le canapé, près du téléphone. À chaque sonnerie, le cœur qui bat et chavire. À chaque interlocuteur, une déception proche de l'apoplexie qui le pousserait presque, s'il s'écoutait, à balancer le combiné très loin de lui. Une envie irrépressible de tout exploser, pour que l'extérieur ressemble un tant soit peu à l'intérieur, pour que le bordel de sa tête trouve un écho dans le chaos d'un appartement dévasté, pour que sa rage, enfin, se déverse sur autre chose que lui-même. Entre deux coups de fil désenchantés, l'abattement, insondable, prend possession de lui et l'embrasse, baisers de givre qui creusent le ventre et souillent le visage inondé de larmes. Et puis les yeux qui s'assèchent d'avoir trop pleuré. Et ce soleil, qui finit par briller pour personne et pour rien, et la douleur de le voir se lever quand même, comme si rien n'avait vraiment changé.

Pascale l'appelle. Allo, c'est moi. C'est toi. Tu vas bien? Non. Comment va ma fille? Elle va bien. Et toi, comment vas-tu? Ça va. Bonheur d'entendre la voix de cette femme. Détresse de ne plus l'étreindre. Et puis la petite voix, à l'autre bout de la ligne. Allo ? Papa ? Une voix d'ange, au milieu du foutoir. Qui s'envole, s'éloigne et lui échappe.

Les jours succèdent à d'autres jours, les semaines à d'autres semaines. L'existence s'organise à l'amiable. Le père voit l'enfant un week-end sur deux. C'est Pascale qui en a décidé ainsi. Entre deux visites, les copains peuplent son quotidien. Ceux d'avant, qui lui ouvrent grandes les portes de leur foyer, de leur nouvelle vie. On se présente les épouses puis les ventres ronds. On fête ça ensemble, même si dorénavant ça n'a plus tout à fait la même saveur: on feint, on feint parce que maintenant on sait, que ça ne dure pas, que ça se casse, que ce n'est pas éternel. Et la torture de Loulou, c'est une cerise pourrie au milieu d'un beau panier. On l'aime bien, Loulou, mais on ne peut pas s'empêcher de penser que ça risque de se répandre, qu'il est peut-être contagieux. Alors on installe une distance salutaire sous couvert de consentement mutuel indicible :

ne pas lui infliger ça, ne pas m'infliger ça. De nouveaux copains apparaissent, des compagnons de galère un peu fêtards, un peu drogués, un peu paumés.

Pascale, elle, sort. À tout juste 24 ans, elle est bien décidée à profiter de cette nouvelle chance. Elle danse des nuits entières et, au petit matin, s'oublie dans les bras de ceux qui passent. Parfois, elle pense à lui. Parfois. Mais pas longtemps. Ne pas se retourner. Se dire que ce qui nous arrive est ce qu'il y a de mieux. Toujours. Avoir confiance en l'avenir. Paraît qu'il sourit à ceux qui se prennent en main.

Un beau jour, elle rencontre un homme, un historien, un professeur d'université. Elle en est toute chamboulée. Elle y croit. Elle prend sa fille sous son bras, encore, et part habiter chez lui, en plein Paris.

Loulou n'en revient pas. Comment a-t-elle pu, si vite ? Comment peut-elle ? Et la petite fille, hein, y a-t-elle seulement pensé, à cette petite fille qui ne comprend rien aux histoires de grands ? Justement, parlons-en, de ces histoires de grands. La petite, lui répond-elle, a besoin d'un foyer, de se sentir en sécurité. Et tant pis s'il n'est capable pas de le comprendre. Ça ne change rien, qu'elle lui dit encore, ta fille, tu pourras la voir quand tu voudras. Tous les quinze jours, hein. Et la moitié des vacances. La belle affaire.

De cette existence à trois qui ne lui appartient plus, Loulou imagine chaque recoin. De l'amour que l'enseignant fait à sa femme à lui le soir après le travail, de l'histoire qu'il ne manque pas de raconter à son enfant à lui, du baiser au coin des lèvres quand les deux amants se quittent sur le pas de la porte, de l'odeur de pain grillé des petits-déjeuners qui s'éternisent le dimanche matin. Les images sont autant de poignards qu'il s'enfonce dans la poitrine. Ne plus penser, ne plus imaginer pour ne plus avoir mal. Les médicaments prescrits par son médecin sont un réconfort. Ils chassent les idées noires et laissent à leur place un vide cotonneux. Il sait que ce n'est pas la solution. Pourtant, pour l'heure, il n'en a pas d'autre. Alors ça fera l'affaire. De toute façon, c'est ça ou le martyre, un petit cachet blanc qu'on coupe en deux contre la douleur infernale.

Finalement, le bel intellectuel ne fait pas l'affaire. Trop intello, pas assez drôle, trop sérieux, pas assez vif. Pascale, à nouveau, décide de mettre les voiles. Elle appelle Loulou :

—Allo ?

—Allo, Pascal ? C'est moi, Pascale. Je ne te dérange pas ?

—Non, non, pas du tout. Qu'est-ce qu'il y a ? Tu as une drôle de voix...

—Je…enfin je...je voulais savoir si tu pouvais venir nous chercher, la petite et moi ?

—Bah oui, évidemment. Mais vous êtes où ? Tout va bien ?

—Oui, ne t'inquiète pas, ça va. Mais tu pourrais venir maintenant ou tu es occupé là ?

—J'arrive immédiatement. Donne-moi l'adresse.

—C'est 13, rue Daguerre, tout près de Denfert.

—Je suis là dans 20 minutes, ne bouge pas.

Loulou est heureux. Les récupérer toutes les deux, c'est inespéré. Et recommencer, reprendre tout à zéro. Et s'aimer, comme avant. Non, mieux qu'avant.

Arrivé devant l'immeuble indiqué par Pascale, il klaxonne, avec toute la vigueur dont il est capable. Ses amours apparaissent, la grande tient la petite par la main. Loulou sort de la voiture, tout guilleret. Quand l'enfant aperçoit son père, elle court et saute dans ses bras.

—Papa !

Sa mère se tient à quelques pas, vaguement tordue par la gêne. Pascal repose l'enfant, s'approche de l'adulte qui lui dit :

—Merci beaucoup d'être venu. J'ai appelé ma mère, mes parents nous attendent.

—Nous ?

—Bah la petite et moi.

Pascal baisse la tête. Brusquement, il ne sait plus comment introduire la clé, comment tourner le volant, comment détendre le frein à main. C'est à dire, il pensait que, enfin c'est bête, mais il s'était dit que. N'importe quoi. Un silence de plomb s'installe dans l'habitacle. Le père tente de garder le contrôle, de faire bonne figure. La vérité, c'est que l'enfant a senti toute la détresse de l'homme devant ses espoirs déçus. Les yeux qui s'humidifient, l'échine qui se courbe, les doigts qui frémissent. Signes imperceptibles. Signes imparables. Pascale, quant à elle, ne voit rien, pressée d'en finir et de ranger l'intello dans une belle boîte à souvenirs.

Loulou ne travaille plus depuis deux mois. Le docteur appelle ça une dépression. L'ordonnance s'allonge, les somnifères accompagnent les anxiolytiques. De plus, comme sa tension n'est pas très bonne, on ajoute un petit, tout petit bêtabloquant. Et vous reviendrez me voir d'ici un mois, on fera le point. En attendant, reposez-vous, sortez, voyez du monde. Vous êtes jeune, vous avez la vie devant vous. Non, vous croyez pas ?

À 6 ans passés, la petite fille n'est pas dupe. Elle n'aime pas ce qu'elle voit quand elle vient passer le week-end chez son père. La vaisselle qui s'entasse, les avis de saisie qu'elle déchiffre péniblement, le travail où elle sait qu'il ne s'y rend plus jamais. Elle n'aime pas l'atmosphère délétère qui se dégage de ce lieu. Quant aux gueules abîmées des nouveaux amis de son père, des ivrognes patentés pour la plupart, ils ne lui inspirent aucune confiance. Quelque chose dans leur démarche, leur odeur, leurs éclats de voix. Et son père, qui marche de moins en moins droit, qui parle de moins en moins distinctement. Pour autant, elle ne refuse jamais de voir Loulou. Elle s'interdit de l'abandonner, il a tellement besoin d'elle.

Pascale vient de dénicher un petit deux-pièces. Du rose dans la cuisine, du vert pastel dans le salon, du rose encore dans la chambre de la petite. Et une rencontre, sérieuse cette fois. Un homme assis dans le canapé, un beau soir, et qui dit bonjour, levant à peine les yeux de l'écran de télévision.

De nombreux boutons parsèment maintenant le visage porcelaine de l'enfant qui se gratte sans arrêt jusqu'au sang. C'est la nuit que ça la prend, cette nécessité de s'écorcher vive, ce besoin impérieux de s'égratigner, souillant sa taie d'oreiller et le col de la veste de son pyjama. La peine, le sacrifice involontaire et inconscient de l'enfant pour le père, Pascale ne les comprend pas et, impuissante, ne cesse de rabrouer la fillette qui se renferme un peu plus.

À mesure que l'existence de la mère se remplit de ce nouvel amoureux, celle du père se vide de sa substance tous les jours un peu plus. Lui aussi rencontre des femmes, jeunes, jolies, mais aucune d'elle ne parvient jamais à lui ramener ce qu'il a perdu. Pascale, il l'aime encore et le manque d'elle, d'elles, lui est insupportable. Au point de, ou pas loin.

Suzanne, la mère de Loulou, essaie de ramener son fils à la vie tant bien que mal. Si elle éprouve de la peine et de la compassion face à ce qu'il endure, évidemment, elle cache mal une certaine satisfaction de ne l'avoir que pour elle. Un dimanche sur deux, Loulou emmène sa fille déjeuner chez sa grand-mère. Ce jour-là, ça sent la salade périgourdine, le canard aux pêches, le gâteau au chocolat. Ce jour-là, il y a du cristal sur la table, des couverts en argent, un vieux service que l'on se transmet de génération en génération à chaque mariage. Pendant ces déjeuners dominicaux où l'on mange à heure fixe, la petite fille est rassurée : mémé est là, tout ira bien pour papa et pour moi. Elle finit par s'avouer qu'elle n'est pas tranquille le samedi soir quand elle dort chez lui, même si la culpabilité la fait se gratter encore davantage. La vérité, c'est qu'elle sent bien qu'il n'y a pas de place pour une enfant quand, tout autour, des hommes titubent et que les murs résonnent des rires gras de ceux qu'ils abritent.

11

La pluie s'écrasait avec fracas contre les carreaux du salon. Le réverbère de la rue envoyait un rai jaune dans le salon pénétré d'obscurité. Les visages de l'enfant et du père s'effacèrent lentement, peu à peu remplacés par la vision fantomatique des meubles baignés de pénombre. La réalité reprenait ses droits. Ma réalité.

Le bas du dos endolori de m'être allongé à même le sol pendant plusieurs heures, je me relevai avec difficulté. J'ouvris la fenêtre. L'air froid me gifla. De l'eau glacée, poussée par un vent mauvais, gicla sur mon crâne, mon nez, mes joues, dégoulina le long de mon cou. Je frissonnai. Devant moi, le cimetière dormait. Et dans le cimetière, des tombes. Et sous l'une d'elles, dans un caveau bétonné, un cercueil indifférent aux coulures noirâtres de moisissure. Et, dans cette boîte à demi pourrie, les restes d'un homme enfermé là depuis plus de vingt ans, un homme condamné au silence, à l'immobilisme. Au repos. Sauf que ces visions étaient bien la preuve, s'il en fallait une, que le repos lui avait été refusé. Je ne pouvais me contenter de ce constat. Je devais faire quelque chose. Tenter, au moins.

Je sortis de chez moi à toute vitesse. Faisant fi de l'averse, je courus jusque l'entrée principale du cimetière, évidemment fermée à cette heure. Le cadenas était massif, imprenable, tout comme l'était la chaîne qui l'enserrait. Un lampadaire donnait sur la grille. J'étais en pleine lumière. Je ne pouvais qu'attirer l'attention si j'essayais de passer par là. Aussi, je dépassai le grillage et visai le mur colossal. Le trottoir qui jouxtait l'enceinte centenaire était bordé de puissants éclairages. Pourtant, un peu plus loin, l'un d'entre eux semblait avoir cessé de fonctionner. J'avançai à vive allure. Une ombre relative recouvrait ce coin précis du mur. Je m'approchai, tendant les mains en aveugle afin de mieux sentir les anfractuosités et d'y trouver des points d'appui. Je tentai de m'accrocher, parvins à monter de quelques centimètres avant de retomber sur la chaussée mouillée. Une fois, deux fois, des dizaines de fois ; j'épuisais mes bras, mes jambes, mes nerfs contre ce mur dévoré de mousse. La pluie et les larmes lacéraient mon visage et plaquaient mes cheveux sur mes yeux. La pierre coupante avait beau m'écorcher les doigts et m'égratigner les genoux, je refusai d'abandonner. Je voulais parler à Pascal, en face à face. J'aurais tout donné pour cela. Soudain, dans un ultime élan et alors que je m'apprêtais à m'avouer vaincue, une force surhumaine que je n'avais alors jamais soupçonnée chez moi me souleva de terre et me fit grimper l'immense rempart. Parvenue en haut, j'appréciai avec angoisse la distance qui me séparait maintenant du sol. Une voiture qui passait par là acheva de me convaincre de sauter. Par chance, je retombai de l'autre côté sur l'herbe épaisse et humide.

Le cimetière. La nuit. Ma présence. Mon intrusion. Une vivante chez les morts. J'étais insolite. Une forte odeur d'humus embaumait l'air. Les gouttes éclatant sur le marbre des pierres et sur les racines apparentes des vieux arbres battaient le rythme. De temps à autre, une rafale de vent traversait les chênes anciens et le bruissement des feuilles venait accompagner la mélopée de la pluie. Assise contre le mur, je me tenais à la lisière d'un univers d'ombres dont, étonnamment, je n'avais pas peur. Mon calme m'était incompréhensible. Tu es à ta place, ne crains rien, m'assurait une petite voix dont je ne saurais dire si elle venait de l'extérieur ou de l'intérieur. Je me levai et avançai dans ce lieu que je connaissais parfaitement pour en avoir, tant de fois auparavant, arpenté les allées. Trempée, je grelottais. Les bras instinctivement ramassés sur ma poitrine, j'accélérai le pas. Je savais où j'allais. Je savais, sans aucune raison, que j'y étais attendue. Il était déjà là, toute mon âme le jurait.

Rapidement, je retrouvai l'emplacement de la tombe de Pascal Loup. Inerte, comme toutes les autres. Inutile, indifférente. Ce n'était pas possible, quelque chose de différent devait forcément se passer là, quelque chose de magique, de terrible, de mystique, de dramatique ou que sais-je encore. N'importe quoi mais pas ce rien, pas l'injustice de ma solitude, pas l'arbitraire de cette malédiction. Une colère abyssale s'empara tout à coup de moi. Je voulus tuer Aphasie : c'était de sa faute après tout, je n'avais rien demandé. Et ce mort, ce Pascal, pour qui se prenait-il pour s'engouffrer dans l'esprit des gens de la sorte et se laver les mains des conséquences. Comme enragée, je me mis à taper du poing sur la pierre tombale avec frénésie.

—Comment ça, t'es pas là ? Comment ça, tu t'en fous ? Sors de là ! Sors de là ! Sors de là, tu m'entends ?

J'écumais, ma fureur ne connaissait plus aucune limite. Elle était incontrôlable.

—Hein ? Où tu es maintenant ? Regarde, regarde ce que tu es en train de me faire. Viens là ! Tu dois me parler ! Tu dois m'aider ! Qu'est-ce-que j'y peux moi, si ta femme t'a laissé tomber ? Est-ce que c'est de ma faute si elle t'aimait plus ? Est-ce que c'est à cause de moi si tu en as perdu ta fille ? Qu'est-ce-que j'y pouvais? J'étais même pas née. Hein, qu'est-ce que j'y peux ? Merde à la fin ! C'est trop facile !

Lasse, je tombai à genoux et fondis en larmes. Je continuai en sanglotant :

—Tu peux pas me laisser comme ça. Je veux bien t'aider mais il faut que toi aussi tu y mettes du tien. Dis-moi ce que je dois faire. Dis-moi ce qu'il faut que je fasse pour que tu te reposes enfin. Je t'en prie.

L'eau saline qui dégoulinait de mes yeux se mêlait sur mon visage à celle du ciel. Je n'étais plus qu'un immense ruisseau. Comme enfoncée dans la terre de cet endroit de mort, j'étais paralysée, incapable du moindre geste, incapable du moindre pas. Seule ma tête avait encore la force de dodeliner de droite à gauche, battant la mesure d'une mélodie fantasmée. Ma fureur passée, elle laissa derrière elle une douleur sourde, en forme de creux au niveau du plexus solaire, et un éreintement infini. À la recherche d'un appui, ma joue mouillée vint se coller à la paroi du marbre dans un bruit de succion. La pierre m'avalait et me tenait à distance tout à la fois. Son contact, lisse et glacial, agit tel un baume et je recouvrai lentement un peu de tranquillité. Je respirai profondément et glissai, à la faveur de l'apaisement retrouvé, dans un état de semi-conscience.

Descente

On dirait deux ascenseurs : un qui monte, un qui descend. Chacun dans sa cabine hermétique. Au milieu, un fil ténu qui les relie et qui se tend à mesure que les cabines s'éloignent l'une de l'autre, jusqu'à craquer.

Pascale refait sa vie. Avec lui, le nouveau, elle déménage, pense à l'enfant, celui qui viendra. Elle voit en grand. Il est tout ce qu'elle avait espéré. Sa deuxième chance, son arc-en-ciel après sa pluie.

Pendant ce temps, Pascal, lui, chute. C'est long et c'est irrémédiable. Bouffi d'alcool et de médicaments, il est méconnaissable, à peine l'ombre de lui-même. Souvent, il chancèle, peu importe l'heure, peu importe le jour, peu importe à qui il s'adresse et le lieu où il se trouve. Il se rend de plus en plus fréquemment chez sa mère, lui réclame de l'argent, de quoi tenir jusqu'au prochain versement de la Sécurité Sociale, de quoi tenir jusque-là fin de la semaine, de quoi tenir jusqu'au lendemain. À chaque fois, Suzanne sort son chéquier, non sans les réprimandes habituelles et nécessaires, maigre dose de bonne conscience. Puis, à regret, elle le laisse partir, voguer à sa vie dépravée. Bien sûr qu'elle souffre devant ce fils unique chéri, si beau, si intelligent, si plein d'avenir. Mais elle manque de mots pour le retenir, le rassurer. Le bercer comme avant, lui dire que tout ira bien, que c'est devant qu'il faut aller et que marcher à reculons, ce n'est finalement rien d'autre qu'avancer dans le mauvais sens.

La pension alimentaire, c'est bête, personne n'y avait pensé jusque-là. Le nouvel homme de Pascale, lui, y pense. Depuis le premier jour à vrai dire, ou presque.

—Mais enfin, c'est sa fille, il doit payer pour son éducation, sa nourriture, ses vêtements. Je ne comprends pas que tu ne lui aies jamais rien demandé à ce sujet.

—C'est à dire, …il m'aide en fonction des besoins de la petite. Tu sais, c'est pas facile, de mettre ça sur le tapis et puis je ne suis pas certaine qu'il puisse en ce moment.

—Et moi je crois que ça l'arrange bien, au fond, de rien te donner. Enfin, moi je dis ça, je dis rien. Hein, c'est pour toi après tout.

Il hausse les épaules, balance les conseils d'un air détaché, distille le venin du doute sans en avoir l'air. Pascale hésite. Il a peut-être raison après tout. Alors, elle profite que la petite est couchée pour prendre son courage à deux mains et appeler Pascal. Derrière elle, se tient l'homme, souriant et sûr de son bon droit. Après quelques phrases, choisies et pourtant maladroites, Loulou est estomaqué : «pension alimentaire», ça fait officiel, ça met un tampon sur leur séparation, ça met des scellés sur le désastre. Rendre les versements réguliers, c'est acter le glas. Il pressent que l'idée n'est pas d'elle. Il voudrait tuer celui qui a pris sa place et qui danse sur le cadavre de leur vie d'avant. Pour autant, il ne se défilera pas : sa fille, c'est tout ce qu'il a désormais et il paiera ce qu'il faut pour s'assurer qu'elle ne manque de rien. Surtout maintenant que Pascale s'est trouvé un beau chacal.

Les premiers mois, Pascal tend les chèques à Pascale dans la cage d'escalier à la luminosité aveuglante avec la régularité d'un horloger. Un bisou pour la fille, des sous pour la mère. Mais, peu à peu, les mensualités se raréfient : Pascal ne parvient plus à joindre les deux bouts. La Sécurité sociale a divisé par deux ses allocations et le peu qu'il touche disparaît dans les bistrots à rincer les gosiers asséchés des uns et des autres. Tandis que Pascale tente de ménager la chèvre et le chou, excusant l'ancien auprès du nouveau, ce dernier, lui, est excédé.

—Non, mais tu réalises qu'il le fait exprès, qu'il se décharge complètement ?

—Tu vas trop loin, tu imagines des choses, c'est pas ça, tu te trompes...

—Tu en es vraiment sûre ? Tu trouves ça clair qu'il préfère se biturer plutôt que de donner à bouffer à sa fille ?

L'homme respire à fond, ménage son effet alors qu'il s'apprête à donner le coup de grâce.

—Sans compter que le modèle qu'il inflige à sa fille, pardon mais c'est… pas terrible. M'enfin, c'est pas ma gamine, c'est toi qui vois.

Pascale doute.

—Je ne peux tout de même pas l'empêcher de la voir ! C'est son père. Que veux-tu que j'y fasse ?

L'homme sourit en silence. Il n'ira pas plus loin aujourd'hui. Il taira la fanfare judiciaire qu'il espère, lui qui déteste l'idée même que la jeune femme ait pu appartenir à un autre que lui. Il laissera l'idée germer et faire son chemin dans l'esprit embrouillé de Pascale. Ce qu'il veut, c'est que ça vienne d'elle.

L'enfant déteste cet homme. Tout en lui la dégoûte : les traits gras de son visage, ses mains épaisses, ses pieds boudinés, son regard glacé dans ses yeux bleus. Et la malveillance qui suinte par tous les pores de sa peau. Au fur et à mesure qu'il s'installe, l'enfant s'isole. Lorsqu'elle n'est pas à l'école, sa chambre seule abrite ses jeux et ses rêves. Lors des repas pris en commun, moments collectifs auxquels elle ne peut échapper, elle est mutique. Aussi, pour ne plus avoir à affronter l'homme, elle vole de la nourriture, quelques gâteaux et friandises chapardés dans les placards et soigneusement cachés sous son lit, nourrissant l'espoir qu'ainsi, rien ne pourra l'obliger à sortir et à le voir, même pas la faim. Régulièrement, la perspective de passer le week-end chez son père l'emplit d'une certaine joie, bien que celle-ci s'efface, à chaque fois, face à l'angoisse de le voir saoul et à l'épuisement de devoir supporter le poids d'une affreuse culpabilité sur ses épaules étroites.

Loulou est malheureux. Depuis des lustres. Une éternité sans doute. Loulou n'en peut plus, de traîner sa vie comme ça. Le médecin l'a prévenu qu'avec les médicaments qu'il prend, l'alcool est tout à fait contre-indiqué. Votre cœur, monsieur, il faut protéger votre cœur. Navré, Loulou sourit dans le vide : son cœur, ça fait belle lurette qu'il a cessé de battre, cassé en mille morceaux comme il est. Allons, allons. Tenez, prenez votre ordonnance. La prescription s'est encore rallongée. Des comprimés pour dormir, des comprimés pour sourire, des comprimés pour raccommoder, des comprimés pour contrôler, des comprimés pour reposer. Des comprimés, des comprimés. Comme si la vie tenait toute entière dans ces minuscules palets aux couleurs bigarrées. De la survie, à doses homéopathiques, déguisée en bonbon.

Un samedi soir. Pour une fois, l'enfant et Loulou sont seuls à la maison. La petite fille goûte à la douceur de n'avoir son père rien que pour elle. Il prépare à manger, dans la cuisine, pendant que l'enfant est assise sur le canapé et regarde la télévision. L'odeur des pâtes mêlées au beurre fondu envahit ses narines. Ce soir, c'est fête : le père et l'enfant prévoient de manger face à l'écran, devant un dessin animé dont ils ont acheté la cassette vidéo en début d'après-midi. Les assiettes ont été disposées sur la table basse en verre. Les verres, et puis les couverts. Il ne manque plus que le plat et la bouteille de Coca pour agrémenter tout cela. C'est prêt, qu'il crie Loulou, du fin fond de la cuisine. La petite fille se soulève avec bonheur du canapé. Il arrive, tenant par le manche en bois une casserole cabossée. Arrivé à hauteur du sofa, il perd l'équilibre et s'écroule, au milieu d'un fatras de nouilles luisantes entremêlées. Il jure. La petite fille, elle, est sidérée par la chute de son père, devant sa vulnérabilité qui vient de se répandre à la manière de ces pâtes idiotes. C'est pathétique, cette dignité qui s'enfuit. Et l'indécence de cette vision. Et l'envie, si forte, qu'elle a de le réconforter, de lui dire que ce n'est pas grave, qu'elle n'a rien vu et que demain, demain elle aura déjà tout oublié. Mais elle sait que ce serait mentir. Les yeux baissés, il ramasse la nourriture étalée sur le sol, merdeux comme un gosse pris en flagrant délit.

Les jours suivants, Pascal ne cesse de ressasser l'incident, se trouve pitoyable, se hait de plus en plus. Pour oublier, il retourne à ses mauvaises fréquentations, boit, s'accroche à son ivresse, se bat de temps en temps. La gueule cassée, l'esprit en vrac. Rage. Dégoût. Et découragement. Le désir que ça s'arrête, parce que ça n'a pas de sens.

Un soir, Suzanne est chez elle. Il est vingt heures déjà et ses yeux, doucement, se ferment devant le mauvais roman qu'elle tient d'une main distraite. Dehors, il fait froid, un temps de chien. Heureusement pour elle, les appartements sont surchauffés et cette chaleur, à côté de ce ciel d'hiver, la plonge dans une torpeur délicieuse. Jamais elle ne lutte contre le sommeil qui s'installe. C'est cela qu'elle apprécie dans le fait de vivre seule : elle n'est pas forcée de se faire violence. Seulement cette fois, la sonnerie du téléphone hurle, vacarme dans la ouate de son intérieur bien rangé. Elle sursaute. À cette heure, qui cela peut-il bien être ? Normalement, elle ne répond pas. Pourtant, ce soir, quelque chose en elle se met en branle. L'appel du ventre, sans doute. Elle répond, passablement inquiète :

—Allo ?

Silence. Elle s'agace, répète en prenant soin de détacher les deux syllabes :

—Allo ?!

Silence encore. Le son d'un sanglot ensuite. Son sang ne fait qu'un tour. Elle sait.

—Pascal, où es-tu ? Qu'est-ce qu'il y a ?

Les sanglots se muent en pleurs.

—Pascal, réponds-moi. Tu dois me répondre.

—Maman, aide-moi, je t'en prie, j'ai peur.

—Quoi ? De quoi tu as peur ?

—Je vais mourir maman. Je t'appelle pour te dire au revoir ; pour te dire que je t'aime.

—Mais enfin, qu'est-ce que tu racontes? Où es-tu ? J'arrive, dis-moi où tu es.

—Non, ne viens pas, c'est pas la peine. Il faut que ça se termine, tu comprends ? C'est trop dur, j'en peux plus.

—Tu as bu, c'est ça ?

—Oui, non, j'en sais rien, j'm'en fous.

—Bon dis-moi tout de suite où tu es !

Le combiné vissé à l'oreille, Suzanne, fébrile, attend une réponse. Des secondes, grosses et lourdes comme des boules de pétanque, qui viennent frapper son crâne. Une éternité. Rien ne vient. Pas le moindre mot. Pas le moindre souffle. La mère s'affole, hurle dans le plastique insensible :

—Réponds-moi, je t'en prie, réponds-moi Pascal. Ca va s'arranger, tu verras. Le cœur, ça se répare. Et ta fille. Ta fille. Pense à elle. Pense à vous, à ce qu'il vous reste à vivre. Je te jure que tout n'est pas fini. Il faut que tu me croies. Tu me crois ? Hein que tu me crois ?

Ça ressemble à une prière, ces paroles balancées. Ça crie à l'injustice. Ça refuse, l'évidence et tout le reste. Entre les phrases, les soupirs, les larmes qu'on ravale pour se faire croire qu'on n'a pas peur, la trouille pourtant qui écarquille les yeux et la sueur, froide, qui sillonne entre les omoplates. Suzanne grelotte pendant l'interminable attente. Tout à coup ; un cliquetis, un mouvement, de la vie à l'autre bout du fil. Un simple cliquetis. Les pieds au bord du gouffre, il raccroche.

Chaussures. Manteau. Clés. La petite femme se précipite dehors et entreprend de monter la pente qui la sépare de la cité dans laquelle vit son fils. Elle halète. La panique sans doute. Le chemin, dont elle connaît la moindre sinuosité pour l'avoir tant de fois parcouru, est voilé. Portée par elle ne sait quelle force, elle fend l'air au secours de son enfant. Elle sait, tout au fond de ses tripes, qu'il était chez lui. Elle le sait, c'est un langage d'entrailles, ça ne s'explique pas. C'est qu'elle l'a porté tout au fond d'elle. Alors elle court, sans rien voir, sans rien sentir, elle court pour l'empêcher de, pour ne pas qu'il, pour qu'enfin. Elle court, elle court, comme jadis dans la campagne, quand, enfant, elle voulait échapper à son destin de gamine mal aimée, elle court parce que son fils est là et qu'il n'a jamais eu autant besoin d'elle. Elle court, elle court quand elle voudrait voler. Elle court, ne se retourne ni sur les voitures excédées de ce piéton sans gêne ni sur les passants amusés devant cette petite bonne femme aux allures de justicière. Elle court à lui, des images de cet enfant plein la tête, de ce qu'elle aurait dû faire, de ce qu'elle a manqué, de ce petit bonhomme aux mollets potelés qui avance maladroitement vers elle en disant maman. Autre temps. Autre lieu. Tout ça. Tout ça pour ça. Mon Dieu, faites qu'il n'ait pas...

L'ascenseur ne répond pas. Elle ouvre la porte de la cage d'escalier, les monte quatre à quatre, tambourine à la porte, la face en sueur, la voix esquintée par la respiration coupée :

—Pascal ! Pascal ! Ouvre-moi !

Rien, rien d'autre que cette saloperie de silence qui colle aux basques.

Elle fouille dans ces poches. Les clés, où sont-elles ? Vite, les clés. L'affolement jette le trousseau à terre, la terreur fait trembler ses doigts. Finalement, la porte cède. À l'intérieur règne une obscurité lugubre qu'elle n'aime pas. Seule la lumière de la cuisine est allumée. Parcourue de frissons, chancelante, elle se dirige vers la pièce éclairée tout en prononçant, à mi-voix, un peu pour lui, beaucoup pour elle, le nom de son fils. Pascal. Pascal. Mon Dieu, qu'as-tu fait ?

La pièce est vide. Une carabine est posée sur la table près d'une bouteille de whisky débouchée dont il ne reste que la moitié. La mère vacille sur le sol froid. Elle pleure, de joie, de savoir qu'il n'a pas pu, de douleur, de savoir qu'il y a pensé et qu'il y pensera à nouveau. Elle implore, laissez-le-moi, s'adresse à Dieu, à son mari défunt, aux esprits, à son voisin de palier, à qui voudra l'entendre, à qui pourra l'exaucer. Dehors, un klaxon, un son incongru au beau milieu de sa souffrance.

Dehors, donc, un klaxon. Un homme court, éperdu. Il a manqué de se faire renverser. Le conducteur, en colère, lance des insultes à la cantonade. Foutu connard de merde. Puis, tiens, il pleut. À moins, à moins que ce soit les larmes échappées des yeux de Loulou, fines gouttelettes voltigeant au gré du vent et qui s'écrasent lamentablement sur les pare-brise des chauffards échauffés. Car, ce soir-là, il n'y a pas l'ombre d'un nuage.

12

La pluie avait cessé, le ciel s'éclaircissait, les ombres laissaient place à des silhouettes qui finissaient par se révéler tout à fait dans l'ébauche de jour. Un silence de cathédrale enrobait le cimetière. Seul un chêne majestueux, dans lequel nichait un couple de merles, résonnait des chants des deux créatures. L'endroit, de mort, reprenait étrangement vie. Peu à peu, l'aurore recouvrit les pierres et les chemins d'un voile orangé, teintant les plaques et les clichés de céramique. Un saule pleureur, à quelques encablures de là, se navrait de ma posture.

Il n'était pas venu. Il ne m'avait pas entendu. Tout cela n'avait servi strictement à rien. Ne me restait-il donc qu'à perdre tout espoir ? Étais-je réellement prisonnière éternelle de sa souffrance tout comme lui de son histoire ? De la boue sèche craquait sur ma joue sale, libérant des mèches de cheveux encore humides de l'averse nocturne. Mon cou et mon visage, abîmés par l'inconfortable position, étaient perclus de douleurs. Comme tout mon être. À la faveur de ce jour nouveau, je n'en voulais plus à personne d'autre qu'à moi-même. J'étais décidément trop petite pour cette immensité, bien trop petite pour défier la mort et ses habitants. Tout, autour, me le disait. C'est trop pour toi. Trop. Cela te dépasse comme cela a dépassé tous les êtres vivants qui t'ont précédé sur cette terre. Abandonne. Rentre chez toi. Attends que ça passe. Et, si ça ne passe pas, fais en sorte de vivre avec en t'arrangeant pour que cela ne te cause pas trop de dégâts.

Je restai debout devant la tombe et, résignée, murmurai du bout des lèvres:

—Alors c'est tout ? Ça se termine comme ça ? Tu meurs d'amour et j'assiste à ton inexorable fin ? Tu agonises sans que je n'y puisse rien ? Soit. Pardonne-moi de ne pas pouvoir t'aider Loulou. J'ai essayé. Je te jure que j'ai essayé.

Brusquement, surprise par un léger bruissement d'ailes, je levai la tête. Un improbable moineau venait de se poser sur la sépulture. Sautillant sur le bord de la pierre, il balança sa tête de droite à gauche avant de m'apercevoir et de me considérer de ses minuscules billes noires. Malgré un vent facétieux qui soulevait, de-ci de-là, quelques plumes et une respiration haletante qui faisait palpiter son cou, le petit corps brun se tenait devant moi, immobile. Il me fixait. Se pouvait-il seulement que ? Un immense bien-être m'envahit alors que je frissonnai à la vue de cette petite chose. Je m'accroupis et, en moi-même, remerciai le ciel ou que sais-je encore de ce réconfort-là. J'avais maintenant la certitude que le message était bien passé et que Pascal, sous une forme ou sous une autre, comptait sur moi. Je tendis la main vers l'oiseau qui s'envola en tournoyant dans le ciel d'un bleu déjà éclatant.

Quelqu'un marchait au loin. Je me cachai et attendis patiemment que le gardien ouvre le cimetière afin de pouvoir en sortir. Puis, je rentrai chez moi, pris une douche et repartis. J'avais rendez-vous, rendez-vous avec Fanny Loup, rendez-vous avec la vie.

Pour la troisième fois, je m'installai à la terrasse du bistrot. Quelques consommateurs buvaient un café sous des parasols publicitaires. J'attendis. J'étais un peu en avance. Ce n'était pas le même serveur que d'habitude. Je commandai un jus d'orange qu'il m'apporta bourré de pulpe. Je grimaçai dès la première gorgée : il avait un goût âcre de peau. Je ne quittai pas des yeux l'entrée de l'immeuble et les habitants qui allaient et venaient devant le hall. Viendrait-elle ou non ? Un coup d'oeil à ma montre m'informa que le temps était dépassé de plus d'un quart d'heure. Déçue et rassurée à la fois, je me levai et m'apprêtai à partir quand, tout à coup, une jeune femme sortit d'un pas pressé, traversa la rue et se planta devant la terrasse sur laquelle je me trouvais. Son regard balaya l'ensemble des tables avant de s'arrêter sur moi. Fanny Loup, reconnaissable entre mille, cet air inchangé, ce nez, cette bouche, les mêmes, à peu de choses près. Naturellement, les traits avaient mûri, le corps filiforme de l'enfant s'était dilué dans la volupté des formes de la jeune femme. Mais on ne pouvait pas s'y tromper : de la petite fille à l'adulte, il n'y avait qu'un pas.

Je lui fis signe. Elle répondit à mon salut en levant timidement la main puis elle s'approcha. Je me rassis et l'invitai à en faire de même.

—Bonjour Fanny. Vous permettez que je vous appelle Fanny ?

Sa voix chevrotante témoignait d'une vive inquiétude.

—Allez-y. Pardonnez-moi mais qui êtes-vous ? Je devrais vous reconnaître ?

—Je m'appelle Héloïse. Et non, on ne se connaît pas vraiment.

—C'est vous qui avez laissé ce mot sur la porte hier ?

—Oui et je m'en excuse. Cela a dû vous paraître étrange, un peu trop « rentre-dedans »...

—Disons que ça m'a surprise en effet. Vous vouliez me parler de mon père je crois. Je vous avais imaginé plus âgée. Si vous l'aviez connu, vous l'auriez été en tout cas. C'est donc que vous ne l'avez pas connu personnellement...

—Vous êtes déçue ?

—Un peu, oui. Personne ne m'en parle jamais. Il est mort mais il reste tellement peu de choses que je me demande parfois s'il a vraiment existé ailleurs que dans ma tête. Alors votre mot, hier, oui il m'a étonnée mais il m'a surtout fait plaisir. Je m'attendais à une de ses anciennes amies à vrai dire, une collègue, une amoureuse. Mais bon. J'y pense, vous n'êtes pas une fille cachée quand même ? Parce que, je vous préviens tout de suite, si c'est le cas, je préfère ne pas le savoir.

Je souris devant ses questions légitimes : ma démarche avait sans doute suscité chez elle beaucoup d'attente et d'espoir et elle avait certainement tergiversé toute la nuit. Qui aurait pu l'en blâmer ?

—Non, rassurez-vous, cela n'a rien à voir.

Je ne savais pas comment poursuivre. Je ne savais pas par où commencer, ni quels mots utiliser. Je n'avais rien à lui apprendre qu'elle ne sût déjà. C'est moi qui avais besoin de certitudes, moi qui réclamais des confirmations, moi qui ne voulais plus être seule, moi qui cherchais des solutions. Devant mon hésitation, elle demanda de but en blanc:

—Bon, ça a à voir avec quoi du coup ?

Je sentais mon cœur battre dans mes tempes. Je pris une grande respiration et entamai un long monologue au cours duquel je lui racontai par le menu mes rêves, omettant, pour ne pas l'effrayer, toute référence à Aphasie et au début de cette aventure singulière. Elle, elle gardait la tête obstinément baissée. De temps à autre, elle essuyait son nez avec un mouchoir qu'elle ne lâcha pas tout le temps que dura notre entretien et qu'elle triturait de ses doigts agités. À la fin, éventré de toutes parts, le blanc *Kleenex* ressemblait à une toile d'araignée. Lorsque j'en eus terminé, elle leva péniblement la tête. Son visage était bouleversé, son regard ravagé. Je m'inquiétai :

—Vous me croyez au moins ?

Elle répondit à ma question par une autre question.

—C'est complètement dingue ! Vous êtes quoi au juste ? Une sorte de médium, c'est ça ?

—Je n'en sais rien. Je n'ai aucune idée de ce que je suis. Aucune.

—Qu'est-ce que vous voulez que je vous dise ?

—Je voudrais être certaine que ce que je raconte est vrai.

—Pour ce que j'en sais, tout est exact. Mais...

comment c'est possible ? Comment vous pouvez savoir tout ça ?

Dans son visage inondé de larmes, je peinais à démêler le choc de l'effroi, le bonheur de retrouver celui qui lui avait tant manqué et le déchirement, ravivé, d'un deuil jamais consommé.

—J'imagine que ce n'est pas facile pour vous d'entendre tout ça. Mais, voyez-vous, j'ai le sentiment que je pourrais changer la donne.

—Mais qu'est-ce que vous me racontez bon Dieu ? Changer la donne ? Mais il est mort ! Il est mort vous entendez ? Ça fait une éternité qu'il est mort, malheureux comme un chien. Qu'est-ce-que vous pouvez y changer maintenant ? Hein ? Et pourquoi remuer tout ça ? Pourquoi vous me faites ça ?

Des têtes se retournèrent afin de savoir d'où venaient ces éclats de voix. Elle s'en rendit compte et se calma sur le champ.

—Écoutez, je vous remercie d'avoir fait la démarche de me retrouver. Je suis certaine que vos intentions sont louables et que vous ne voulez pas me faire du mal. Mon père était malade et sa mort -je n'en reviens pas de ce que je suis en train de vous dire - a dû être une délivrance. En perdant ma mère, il m'avait perdue. Nous étions tout pour lui et il n'avait plus rien, plus rien qui le retenait. La seule chose qui aurait pu le sauver, ça aurait été qu'il regagne l'amour de ma mère. Parfois, quand j'y réfléchis, je me dis qu'il n'y avait aucune autre issue. Alors je maintiens, ça valait mieux pour lui, pour nous aussi peut-être, qu'il s'en aille...

Je comprenais ce qu'elle essayait d'exprimer tout comme je comprenais ce besoin qu'elle avait de croire, *a posteriori*, que rien d'autre n'était possible de toute façon. Mais une idée traversa mon esprit et, à voix haute, sans prendre garde aux conséquences de ce que je m'apprêtais à prononcer, je lançai :

—Et si votre mère n'était pas partie ? Ou plutôt si elle était revenue ?

Ce à quoi elle répondit tout de go :

—Attendez, je n'ai jamais dit que ma mère était

responsable de la mort de mon père. Elle n'a pas besoin de moi pour ça, elle qui culpabilise déjà tellement. Ne me faites pas dire ce que je n'ai pas dit.

J'argumentai pour qu'elle ne se méprenne pas sur le sens de mes paroles :

—Je sais bien. Non, ce que je veux vous dire, c'est qu'on ne peut pas empêcher votre père de mourir, évidemment. Par contre, on peut l'empêcher de partir malheureux...

—Bon, écoutez, ça suffit maintenant ! C'est du passé et on ne peut rien y changer. Je vais m'en aller et vous laisser divaguer.

—Sauf que si je vois ce qu'il a vu, c'est que lui le revit sans cesse. Ce que je vous propose, c'est de lui apporter la paix. À lui, à vous, à votre mère. Je vous propose de vous réconcilier avec ce passé. Et aussi de m'aider à faire que tout ça ne soit pas complètement vain.

Excédée, elle se leva sans autre forme de cérémonie.

—Attendez, laissez-moi vous convaincre. Venez avec moi. Faites-moi confiance.

Je bluffais : je n'avais aucune assurance que ce j'avais en tête se produirait effectivement et sur commande. Mais je n'avais rien à perdre.

—Pourquoi est-ce que je vous ferais confiance ? Je ne vous connais pas...

—Parce que maintenant que vous m'avez écoutée jusque-là, vous n'avez plus le choix. Refuser d'essayer reviendrait à vous exposer à des remords pour le restant de vos jours.

Mon raisonnement avait visiblement fait mouche. Elle se rassit en me regardant de travers :

—Bien. Ne croyez pas que vous m'ayez convaincue. Mais votre pugnacité a semé le doute, je ne peux pas vous le cacher. Et puis vous n'avez pas pu inventer ce que vous m'avez raconté. Alors, admettons que tout ça soit vrai et qu'il y ait une infime possibilité pour qu'on puisse faire croire à mon père que les évènements aient été un peu différents. Hein, c'est bien de cela qu’il s'agit ? J'ai bien compris n'est-ce pas ?

—Tout à fait.

—Comment va-t-on faire ça ?

—À mon tour d'être honnête. Je ne peux rien vous promettre. C'est de l'ordre de l'intuition, rien de plus. Mais ça vaut le coup d'essayer. Je vais tenter de vous emmener à la rencontre de votre père. Vous avez quelques heures devant vous ?

—La journée.

—Alors suivez-moi.

Je payai les consommations. Nous nous levâmes ensuite de concert et nous marchâmes en silence jusqu'aux portes du cimetière. Lorsqu'elle réalisa l'endroit auquel je la menai, elle eut un mouvement de recul et susurra à mon oreille d'une voix honteuse :

—Des années que je ne suis pas venue ici. C'est mal, hein ?

Je lui pris la main et répondis doucement.

—Plus maintenant, soyez tranquille. On va réparer ça.

Nous pénétrâmes à l'intérieur dans une atmosphère quasi religieuse. Ni elle ni moi n'avions les mots pour exprimer ce que nous ressentions à cette heure. Chacune à l'intérieur et tout à notre recueillement, les palabres étaient inutiles. À mesure que nous avancions, ses pas ralentissaient, à l'inverse de sa respiration rendue plus difficile qui donnait un aperçu du torrent d'émotions qui se déversait en elle. De mon côté, si près du but, je doutais du bienfondé de ma démarche : qui étais-je, au juste, pour imposer à cette jeune femme des visions qui n'étaient pas les siennes, des secousses qui, peut-être, n'en étaient plus pour elle ? Combien de jours, d'années, d'éternités devrait-elle traverser après cela pour se délivrer des troubles nouveaux dans lesquels je m'apprêtais à la jeter ? Était-il loyal d'alourdir le fardeau de l'un pour alléger celui de l'autre ? Mais avais-je encore le choix de reculer ?

Le monument gris s'étendait devant nous. À sa vue, Fanny se figea.

—Il n'y a pas de fleurs fraîches, remarqua-t-elle. Ça doit faire un bail qu'il est là, tout seul.

Je m'accroupis devant la tombe sans un bruit.

—Que faites-vous ?

—Venez près de moi.

Elle s'agenouilla à son tour et épousseta du bout des doigts la plaque qui portait l'inscription « À mon papa ».

—Je me souviens du jour où je l'ai posée ici. C'était deux semaines après sa mort. Personne ne m'avait dit qu'on l'avait enterré. Et puis j'ai fini par poser la question à ma mère. Elle m'a simplement répondu « c'est fait ». J'ai insisté et elle a accepté de m'emmener au cimetière. J'ai choisi cette plaque chez le fleuriste du coin de la rue là-bas, vous savez, à l'entrée. La plaque était vendue sans rien. Une fois payée, on choisissait l'inscription voulue sur des morceaux déjà gravés. Comme les porte-clés à l'effigie des prénoms qu'on peut acheter près des plages. Pareil. Ensuite, le fleuriste a fixé la gravure sur la plaque et on est venues la poser ici. Je vous ennuie, je ne sais pas pourquoi je vous raconte tout ça.

Obnubilée par mes incertitudes, je ne l'écoutais pas.

—Touchez.

—Pardon ?

—Touchez la pierre avec votre paume et donnez-moi votre autre main.

À sa suite, je posai le plat de ma main sur la pierre froide.

—Allez-y, fermez les yeux.

Chute

L'évier, chez Loulou, n'est pas assez vaste pour contenir les assiettes sales et les verres au fond jauni qui s'empilent ; le courrier, ramassé à la hâte et sans coup d'oeil, gît sur la grande table du salon ; la poussière s'agglutine sur les meubles déjà démodés ; le sol se poisse : par endroits, des taches sombres. L'appartement est rance, tout y est périmé. L'ennui et l'accablement semblent confiner ici. Les souvenirs encombrent les étagères. Qu'il est loin le temps où les deux amoureux dansaient sur le carrelage brillant. Qu'ils étaient jeunes alors, qu'ils étaient beaux. C'était il y a tellement longtemps. C'était il y a si longtemps que Loulou en vient à se demander si tout cela a vraiment existé : cette histoire, trop belle peut-être, ne l'a-t-il pas inventée? Et Pascale ? Et l'enfant ? Quand il est seul, il erre dans ces murs aux allures de mausolée, à la recherche d'une odeur, d'un détail qui lui aurait échappé. Perdu, dans un trois-pièces.

Pascale est enceinte. Deux ans qu'elle et le nouveau attendaient ça. Si la petite fille se réjouit pour sa mère, elle tait les tourments qui affligent son esprit lorsqu'elle pense à son père. Elle sait. Que cela anéantira les espoirs de Loulou de les récupérer un jour. Que cela mettra un terme au lien ténu qui unissait encore Pascale et Pascal. Que cela gommera la vie de famille avortée. Que, sous couvert d'une nouvelle chance, cette grossesse, c'est l'annonce d'une fin. Quant à l'homme qui partage désormais la vie de Pascale, il n'y a rien à faire, la petite fille n'arrive pas à l'aimer. Et elle se persuade, à tort ou à raison, que c'est réciproque : alors elle s'en accommode, attend son heure dans les heures solitaires de sa chambre.

Ces derniers temps, Pascal s'englue dans un marasme de mauvaises pensées et s'encombre de personnes de mauvaise vie. Tout comme sa fille, lui aussi attend que ça passe. Sauf qu'en vérité, il n'attend plus rien d'autre. À plusieurs reprises en début de week-end, il est venu chercher sa fille ivre. Quand, du haut du balcon, elle l'aperçoit qui l'attend, titubant, à la merci de gestes incohérents tel un pantin dégingandé, une boule vient se nicher entre ses côtes. C'est qu'elle ne veut pas y aller, assister encore au déclin de son père qu'elle aimerait tellement admirer comme avant. Pourtant, elle ne s'imagine pas une seconde le laisser repartir dans cet état, bredouille, sans enfant et malade de tout son être. Écartelée entre la trouille viscérale de n'être pas à la hauteur du sauvetage et celle, terrifiante, d'être le monstre par qui tout arrive, elle se gratte, toujours plus fort, toujours plus profondément ; les chairs à vif, le visage en sang, elle se résigne. Pascale, elle, se meurt d'inquiétude de savoir que sa fille est là-bas, entourée d'hommes saouls. Mais elle n'interdira pas à l'enfant de voir le père comme elle refuse de priver le père de son droit d'enfant. Alors passent les deux jours dans l'angoisse de part et d'autre. Quand, enfin, arrive le dimanche soir et que la voiture du père pénètre dans la cité de la mère, le cœur de la petite fille se tord à la fois de revenir dans un foyer dans lequel elle ne se sent pas chez elle et à l'idée de laisser l'homme seul à nouveau, irresponsable de trop souffrir, incapable de s'occuper de lui-même, triste comme un vieux jouet cassé et laissé à l'abandon dans la nuit froide d'un parc imbibé de pluie. Pascale, elle, retrouve des couleurs : encore un week-end de passé, encore un et tout va bien.

Un jour, l'enfant demande à son père :

—Papa, tu crois qu'un jour toi et maman vous pourrez vous remettre ensemble ?

—Non, c'est fini maintenant. Ta maman va avoir un bébé. C'est fini.

—Et toi papa ?

—Quoi, moi ?

—Pourquoi tu ne fais pas un autre bébé ? Tu pourrais toi aussi.

À l'enfant candide qui questionne, Loulou sourit. Un sourire devant une grimace ; une jolie façade derrière une ruine sordide.

13

Fanny était pétrifiée. De légers tremblements agitaient ses cuisses et la main, que je tenais dans la mienne, était glacée. Ses cheveux se balançaient au rythme de la brise en donnant l'illusion d'un mouvement sur un profil en réalité figé.

—Ça va ?

Aucune réponse. Je serrai sa main un peu plus fort tout en répétant :

—Fanny, vous allez bien ?

Très lentement, elle tourna vers moi une figure à la pâleur épouvantable.

—Répondez-moi, s'il-vous-plaît. Vous avez vu, vous aussi, hein ?

—Je me souviens de ça. Je m'en souviens tellement bien.

Sa voix était à peine audible. Je m'approchai d'elle.

—J'étais si jeune. Et l'appartement, je n'ai rien oublié. Et l'odeur. Son odeur. Je... je ne comprends pas. C'est si... impossible...

Ses pupilles bougeaient de gauche à droite avec frénésie.

—Il était malheureux. Je ne m'étais pas rendu

compte à quel point il l'était. Mon pauvre papa.

—Vous étiez une enfant, vous ne pouviez pas...

Ses joues s'échauffèrent et ses pupilles cessèrent instantanément leur ballet infernal.

—Peu importe, j'aurais pu, j'aurais dû voir ça. Je ne sais pas comment vous réussissez à faire ça mais recommençons. Je veux y retourner.

—Non.

—Non ?

—Non, ça suffit. Je n'aurais pas dû vous montrer tout ça.

—Écoutez Héloïse : j'ai perdu mon père alors que j'étais encore une gamine. Vous n'imaginez pas à quel point il m'a manqué. Aujourd'hui, j'ai la chance de pouvoir le voir à nouveau, le toucher, le sentir. Vous m'avez donné la possibilité de le retrouver. Vous m'avez fait un cadeau que jamais je n'aurais osé espérer. C'est inestimable. Ne m'enlevez pas ça. Ne le faites pas mourir à nouveau. Je vous en supplie.

J'avais été égoïste, je n'avais pensé qu'à moi : en cherchant à atténuer la peine d'un mort, parce qu'assister à son supplice m'était insoutenable, j'avais détruit l'équilibre fragile d'un être bien vivant en lui infligeant une infernale torture. Je m'étais trompée, je n'avais pas le droit. Devant ma gêne manifeste, Fanny poursuivit :

—Je peux l'aider. Je peux l'aider à aller mieux. Vous vous rappelez de ce que vous m'avez dit tout à l'heure dans le café ? Qu'on ne pouvait pas l'empêcher de partir mais qu'on pouvait peut-être faire en sorte qu'il parte serein ? Hein, c'était ça l'idée non ? Vous ne pouvez pas me le montrer dans cet état et nous abandonner, lui et moi, à notre triste sort. Vous ne pouvez pas, vous m'entendez, vous ne pouvez pas !

Elle me tint par les épaules et me secoua. Je vacillai, manquai de perdre l'équilibre. Sa vigueur, si folle et si soudaine, m'interdisait tout mouvement de rébellion. Elle se calma pourtant.

—Ramenez-moi là-bas. Rien qu'une fois. Une seule fois et vous n'entendrez plus jamais parler de moi. Je vous le promets.

—Fanny, je...

—Ce n'est pas vain. Il y a forcément une raison à vos visions. Je peux y arriver. Je sais que je peux. Et ne craignez rien, je suis forte.

J'étais prise au piège : je lui en avais trop donné, ou pas assez. Et puis, quelle ironie ! Moi qui, une heure auparavant, peinais à la convaincre de me laisser secourir Loulou, je refusais à présent à sa fille toute entremise. Qu'avions-nous à perdre après tout ? Moi ? Ma conscience. Elle ? La glaise qui l'avait façonnée lors de ces deux dernières décennies. À quoi bon tergiverser encore ? C'était ça ou crever d'impuissance, ça ou regretter de n'avoir rien tenté *ad vitam aeternam.*

—Vous êtes certaine que c'est vraiment ce que vous voulez ?

—Oui.

—On va y retourner alors. Enfin, si ça fonctionne toujours. Mais je vous préviens, moi je ne peux rien.

—J'y arriverai, vous verrez. L'amour fait des miracles.

À nouveau, j'attrapai sa main. Elle me sourit.

—Prête ?

—Prête !

—1, 2, 3...

Simultanément, nous touchâmes de nos doigts restés libres la dernière demeure de Pascal.

L'autre

Le jour se lève au-dessus des cimes enneigées. Un soleil radieux éclabousse un Mont Blanc majestueux de rayons intenses dont les reflets dévalent les flancs de l'immense montagne. Le bleu du ciel offre une couronne d'infini à ce paysage de carte postale et présage d'un au-delà, ou d'un au-dessus, pour qui voudra bien y prêter attention.

Pascal ouvre les volets. Aussitôt, la lumière s'engouffre dans la chambre neutre. C'est comme un hôpital. Mais en plus beau et avec une once d'espérance en plus. Il pénètre pieds nus sur la terrasse étroite. Pendant quelques minutes, il se tient penché à la balustrade et paraît hésiter : se laisser avaler par la nature exubérante, le coton blanc, les massifs gigantesques, la quiétude ou bien s'y jeter tout entier, avec la ferveur engagée d'un gamin qui se croit plus fort ; affirmer son invincibilité ou accepter de n'avoir pas prise ; n'être qu'un point ridicule ou, au contraire, être le monde ; ou encore, être en équilibre et se maintenir, coûte que coûte, dans cet état de stabilité précaire.

Cinq jours qu'il est là. Cinq jours qu'il s'évertue à retrouver ce qu'il était avant, cet autre lui qui reste derrière son dos, lit par-dessus son épaule et l'observe sans cesse avec une pitié condescendante. Cinq jours qu'il prend de la distance, de la hauteur, au propre comme au figuré. Il n'appellera pas sa fille. À la limite, il lui écrira. C'est tout. Pour la première fois depuis des lustres, il pense à lui, il fait le vide. Enfin, il essaie. Et il y parvient, plus ou moins. Parfois plus, parfois moins. Ça suit son petit bonhomme de chemin. Son médecin l'avait prévenu, il faut partir, c'est souvent salutaire de s'éloigner, de prendre le large. Bien sûr, je ne vais pas vous mentir, ça ne les résoudra pas, vos soucis, mais vous les verrez autrement à votre retour, je vous le garantis. Une maison de repos, voilà ce qu'il vous faut. Une jolie chambre bien propre, avec un placard qui se ferme à double tour pour y déposer votre sac trop lourd et vos souvenirs visqueux. Qu'est-ce-que vous en dites ? Ce serait bien, non ?

Il y est. Il a trois semaines pour s'en remettre. Disons, trois semaines moins cinq jours. C'est pas bézef pour renaître, pas bézef pour se refaire, mais c'est mieux que rien.

Dans quelques minutes, il va descendre se joindre aux autres pensionnaires pour le petit-déjeuner. C'est la règle ici, on prend ses repas en commun, ça crée du lien, ça sociabilise comme ils disent. Au début, il n'était pas très chaud, du lien, il en crevait du lien. Mais maintenant qu'il a rencontré France, c'est une autre histoire. Elle aussi c'est une gueule cassée. Elle aussi, du lien, elle en a bouffé, cette femme trop maigre, à la voix rauque de fumeuse invétérée, aux ongles rongés, au regard de bête traquée. Cette France, qui sursaute dès qu'on lui parle, qui regarde souvent de biais, qui passe du rire aux larmes, Jean qui rit, Jean qui pleure. Cette France qu'il trouve belle avec ses fêlures, et dont il a immédiatement reconnu le bois, le même que lui, cabossé à peu près aux mêmes endroits.

Elle est déjà là, assise à l'une des nombreuses tables, dos à la baie vitrée. Elle souffle sur son café. Elle l'attendait. Elle l'aperçoit, lui fait un signe de la main. Il s'approche, s'installe. Derrière elle, l'horizon.

14

Les paupières closes, Fanny sourit. Elle dit :

—C'est si bon de le voir heureux, au commencement d'une nouvelle histoire. Je m'en rappelle, de France. Il me l'a présentée à son retour. Ils se sont installés tous les deux peu de temps après leur rencontre. Je l'aimais bien. Elle avait une grande fille, dans les quatorze ou quinze ans à l'époque. Anne-Laure qu'elle s'appelait. Enfin, je crois. C'est si loin quand même. Nous jouions beaucoup ensemble. Je n'avais plus peur d'être chez lui. Finis les copains et les beuveries. J'étais à nouveau bien chez mon papa.

Tout à coup, elle se rembrunit. Sa voix se fit alors plus grave, le débit de ses paroles plus lent :

—Sauf que ça n'a pas duré. Quelques mois, pas plus. Elle est partie. Anne-Laure aussi. Je ne les ai jamais revues. Plus tard, maman m'a dit que France était venue assister à l'enterrement. C'est comme ça qu'elles se sont rencontrées toutes les deux, précisément là où nous nous trouvons maintenant.

Elle respira bruyamment avant de lancer fermement :

—On y retourne.

C'était cousu de fil blanc. J'empruntai le ton le plus assuré possible :

—Cette fois, c'est non Fanny. Nous n'y retournerons pas, ni maintenant ni jamais. Il n'y a rien que l'on puisse faire. Croyez bien que j'en suis désolée. S'obstiner serait se faire encore plus de mal.

—Vous voulez dire me faire encore plus de mal.

—Je veux dire nous faire encore plus de mal.

—Et bien tant pis, faites ce que vous voulez, j'y retourne sans vous.

À ces mots, elle retira sa main de mon étreinte et jeta ses deux paumes avec une violence inouïe sur la pierre. J'étais sidérée. À cheval entre ma fierté et mes scrupules, j'espérais qu'elle ne soit visitée par aucune vision. Suspendue à la moindre de ses réactions, le souffle coupé, j'attendis. Après un long moment, de légers spasmes secouèrent ses épaules pendant que ses mains vinrent se poser autour de son crâne. C'était visiblement un échec.

—Je n'y arrive pas. Rien ne vient. Rien, rien, rien. Pourquoi je vois rien ? Hein, pourquoi il n'est plus là ?

L'air piteux, étouffée de sanglots, elle parlait difficilement.

—Je ne comprends pas.

Je touchai son épaule en signe de consolation. Comme à la suite d'un choc électrique, elle recula immédiatement.

—Ne me touchez pas, vous m'entendez ? Je comprends pas qu'il vienne à vous et se refuse à moi. C'est moi sa fille. Vous, vous n'êtes rien.

Elle criait. Contre moi. Contre la terre entière. Démente, elle détala à travers les dédales du cimetière. Bientôt, je ne distinguai plus que des mèches éparses et soulevées par la force de la course.

Je ne pouvais pas lui en vouloir : sa colère, après tout, n'était-elle pas légitime ? Moi, l'intruse, moi, l'impudique, moi, la voyeuse. Moi, le témoin du quotidien, de l'intime, de la déchéance, moi qui savais tout sans rien demander. Et puis, n'était-ce pas finalement pour servir mes propres intérêts que je l'avais traînée ici ? J'avais eu besoin de preuve. J'avais voulu toucher du doigt la vérité, comprendre et pénétrer un peu leur monde, ne pas rester à la surface, à la périphérie de cette chute. En cherchant la compagnie de Fanny, je n'avais eu en réalité d'autre dessein que celui d'exister. Mais elle avait raison : je n'étais rien, ni pour elle, ni pour lui, ni pour personne. Un réceptacle à la limite, une mauvaise fille. Un individualisme exacerbé déguisé en humanité.

Fanny s'éloignait, s'enfuyait. Vers la ville. Loin des morts. Loin de mon monde. Loin de moi.

Encore seule.

Encore, encore et encore.

Encore et toujours. Désespérément. À jamais peut-être.

À mes pieds, l'invariable marbre.

—Tu ne m'as pas beaucoup aidé Loulou. Qu'attends-tu de moi ? Attends-tu au moins quelque chose ?

À plusieurs mètres de là, une vieille dame arrosait avec parcimonie des chrysanthèmes mauves. Je devinais le déferlement de l'eau sur les pétales colorés, le grésillement des gouttes qui pénètrent les racines, l'odeur enivrante du terreau humide. De l'autre côté, un couple vêtu de sombre avançait cahin-caha le long de l'allée principale. Lui très grand, elle très petite. Lui, comme soutenu par elle, elle, comme recroquevillée en lui. Un spectacle de pantomimes. Leur histoire, je la connaissais : c'était, à peu de choses près, toujours la même.

Brusquement, une vibration insolite secoua la poche de mon pantalon et m'extirpa de mes pensées. Candice et l'inflexion d'un reproche amer à l'autre bout de la ligne :

—Allo. Vous m'avez oubliée...

En un éclair, Aphasie et sa demande effroyable me revinrent en mémoire. Elle m'avait donné dix jours. Je me mis à compter les jours passés depuis notre rencontre. Huit, neuf, dix. Nous y étions. Sa vie était un enfer. Ce qu'elle avait enduré dépassait l'entendement. Comment, dès lors, refuser de l'aider ? Mais, dans le même temps, comment me résoudre à tuer ?

—Allo ? Oh oh ? Vous êtes là Héloïse ? C'est

Candice...

Une lueur. Pourquoi n'y avais-je pas pensé plus tôt ?

—Dites-moi Candice, vous tombez bien. Vos parents sont près de vous ?

—Non, ils ne seront pas là avant jeudi.

—Bien. Vous pensez que vous pourriez venir à Paris ?

—Là? Maintenant?

—Là, maintenant. Prenez un taxi, je vous le paierai. Non, mieux, je vous le commande. Ça vous va?

—Oui mais pourquoi?

—J'ai quelqu'un à vous présenter...

Une demi-heure plus tard, Candice monta dans une berline noire et se laissa emporter sur l'autoroute de l'Est. Quant à moi, je cheminai en direction de la sépulture d'Émilie Torence. Là où tout avait commencé, là où tout aurait dû s'achever.

L'attente, sur le banc de la genèse, était interminable. En raison des derniers évènements, le cimetière, mon cimetière, m'était devenu parfaitement odieux. N'ayant rien d'autre à faire que cogiter, je me repassais les films en accéléré, celui de Loulou, de Fanny, celui d'Aphasie. Le mien aussi. La solution à tous mes problèmes était là, toute proche, à portée de main depuis la première seconde, insolente de simplicité, exaspérante de logique : ne plus dormir. Sans sommeil, plus de visions ; sans apparitions, plus d'obsession. Et plus de fin. Flagrante évidence. Le contrôle de ma somnolence me donnerait la maîtrise à coup sûr de cet étrange pouvoir. Et c'est moi, désormais, et moi seule qui choisirai d'assister à la fin. Tant que je ne dormirai pas, tant que je ne m'approcherai pas de la tombe de Pascal Loup, celui-ci demeurerait dans cet état de félicité, à jamais face à la montagne dont le blanc se détache du bleu, à jamais face à l'horizon qui s'étend et qui s'élance, à jamais souriant à France dans la promesse d'un renouveau. Ainsi, je résolus, à la manière d'un serment un peu naïf que j'énonçai en moi-même, de ne plus dormir. La balle était dans mon camp.

J'étais fière: fière d'avoir trouver une parade à

l'ahurissante demande d'Aphasie par des retrouvailles arrangées auxquels elle ne pourrait décemment se dérober avec sa petite-fille inconnue, et fière d'avoir déjoué la malédiction de mes visions qui, autrement, me condamnaient à assister, incapable, au spectacle du déclin, à la marche d'êtres sur le sentier de leur terme. J'allais vaincre sur tous les fronts.

À nouveau, mon téléphone émit plusieurs vibrations. Ma mère. Ce n'était pas le moment. À dire vrai, ce n'était jamais le moment. Je décidai de la rappeler dès la fin de mon entrevue avec Aphasie. J'aurais, pensais-je alors, l'esprit plus léger, les idées plus claires. Il me serait plus facile de me défendre contre ses remarques acerbes.

Un petit vent passa entre les arbres, déposant avec délicatesse des feuilles de chêne séchées par le soleil lourd. Pédoncules, étamines et pistils désolidarisés furent charriés par la risée jusqu'aux encoignures des racines sorties du sol contre lesquelles ils vinrent buter piteusement et se tordre. Le couvre-chef d'un homme d'âge mûr qui se mouchait se souleva pour se retrouver, à plusieurs mètres de là, recouvert de poussière et lamentable. Trois petites femmes bon chic bon genre traînaient les pieds dans les graviers des chemins et discouraient à voix basse. Je levai la tête, embrassai la voûte céleste à travers les feuillages émeraude luxuriants, pris une intense bouffée d'oxygène. Mettre un point d'honneur à finir cette singulière aventure avec dignité. Trouver le moyen. Trouver un moyen. Autour, les défunts gravés sur céramique m'épiaient. Il fallait que je me décolle de ce banc, de ces regards fixes et inquisiteurs, de ce soleil de plomb. Je n'y parvins pas. J'étais engluée. Paralysée par l'angoisse. Par les remords. Pauvre, pauvre Fanny.

Une silhouette frêle et sombre se dessina soudain au bout de l'allée principale. Clopin-clopant, un chapeau large et un manteau de feutre avançaient. Aphasie. Une vague de frissons m'enveloppa. Je n'allai pas à sa rencontre, pétrifiée par l'apparition de cette minuscule bonne femme et par l'explication qui aurait lieu d'ici quelques instants. Elle était pourtant épuisée de marcher, cette petite vieille toute brisée que ni la vie ni la mort n'avaient épargnée.

J'aurais pu l'aider. J'aurais dû aller au-devant d'elle, lui proposer mon bras, mon soutien. J'aurais pu. Je n'en fis rien. La trouille plus forte que la pitié, plus forte que l'empathie, plus forte que l'amour du prochain. Et puis, pourquoi devrais-je me leurrer ? N'éprouvais-je pas au fond, un plaisir malsain à la voir suer et souffrir, celle que je tenais pour responsable de tous mes maux, celle qui aurait dû me laisser végéter dans cet endroit morbide jusqu'à la fin des temps ? Cette montée du cimetière, c'était un vague chemin de croix quand son chapeau lui faisait une bien jolie couronne d'épines. Elle devait expier ses fautes. Quelle petite sotte je faisais.

Elle fit une pause, leva la tête afin de mesurer la distance qui lui restait à parcourir et, un peu plus tassée qu'auparavant, repartit à faible allure en claudiquant. À chacun de ses pas, répondait, comme en écho, un battement de mon cœur. Elle se rapprochait, lentement. Mon appréhension grandissait d'autant. Et si Candice ne venait pas ?

Elle arriva à la hauteur du banc sur lequel je me plaquais. Sans un regard, elle s'installa à mes côtés. Le souffle court, elle patienta de longues secondes avant de sortir un chapelet qu'elle égrena de ses doigts griffus. Je ne pus me retenir de penser que la maigreur de ses mollets s'était encore accentuée depuis la dernière fois.

—Je ne me présente pas. Je suppose que vous vous souvenez de moi, Héloïse.

La fermeté de l'inflexion contrastait avec la voix chevrotante qui sortait du corps rabougri. J'étais, quant à moi, incapable d'émettre le moindre son, tout occupée que j'étais à tenter de maîtriser ma respiration, mes gestes et ma contenance. Elle poursuivit :

—Je vois, à votre allure, que vous savez maintenant de quoi il retourne. Vous aussi, vous connaissez la souffrance de celui qui assiste au spectacle de la fin des autres. Ça vous plaît?

Je crus percevoir un léger sourire sous la bordure de l'immense chapeau. Plaisir ou compassion? Se délectait-elle du désarroi dans lequel elle m'avait plongée ou, au contraire, se désolait-elle de ce que je vivais dans les méandres de ce qu'elle-même avait subi? Elle n'attendait aucune réponse. Aussi continua-t-elle tandis qu'un pénible chuintement s'échappait de ses poumons :

—Je devine que vous ne m'appréciez pas beaucoup. C'est bien normal, me direz-vous, après le cadeau empoisonné que je vous ai fait. Quel dommage que vous n' ayez pas voulu comprendre avec les photos et le dessin, que vous ne m'ayez pas, en quelque sorte, crue sur parole. J'espérais sincèrement que cette mise en scène suffirait à vous émouvoir du sort qui est le mien depuis plus de cinquante ans.

Une quinte de toux l'interrompit. Elle s'essuya les lèvres à l'aide d'un mouchoir décoloré et reprit :

—Que voulez-vous ? La jeunesse ne croit que ce qu'elle voit. Vous voilà dans de beaux draps en tout cas. Et croyez bien que j'en suis désolée. Oui, désolée. Et je ne pourrai jamais vous rendre ce que je vous ai volé. Votre liberté, mademoiselle, elle est aux oubliettes.

—Je ne vous demande rien.

—Je sais. Je sais aussi que vous ne détestez pas ce qui vous arrive. Que vos sentiments sont ambivalents. Que vous vous êtes attachée à ces gens mais que cet attachement vous fait souffrir. Je sais tout ça. Je connais l'excitation du début, celle qui fait croire qu'on peut changer les choses parce qu'on est plus forts, parce qu'on est plein de bonne volonté, parce qu'en réalité on a besoin de croire qu'on n'est pas rien, qu'on vaut mieux que ça, que la mort, eh ben, on va la défier la mort, on va lui montrer de quel bois on se chauffe.

Une nouvelle quinte l'assaillit.

—Oui, je sais tout ça. La déception qui suit, je la connais aussi, la gifle que vous vous prenez de réaliser que vous n'êtes rien d'autre que vous- même, une pièce dans un manège au milieu d'autres pièces, un cheval de bois dans un carrousel qui tourne et tourne sans cesse et qui, toujours, revient au point de départ. La mort est toujours vainqueur, peu importe la vigueur avec laquelle vous la combattrez. C'est triste mais c'est ainsi.

Cette petite femme lisait en moi comme dans un livre ouvert, décrivant avec une exactitude étonnante les émotions qui m'avaient assaillie tout au long des jours précédents. Dans le même temps, son discours lugubre m'affligeait. Je ne pouvais m'empêcher de revenir à Fanny. Je m'exclamai :

—Et ceux qui restent hein ? Ceux qui restent ? C'est quoi, ceux qui restent ?

—Des dégâts collatéraux. D'autres chevaux de bois qui montent et qui descendent.

Sans crier gare, des larmes chaudes et salées roulèrent sur mes joues et humidifièrent ma bouche. Elle avait raison, la mort était reine.

—Et encore Héloïse, ce ne sont que des inconnus. Un jour viendra où ce sont vos proches qui hanteront votre sommeil...

—Vous voulez parler d'Émilie Torence ? De votre belle-famille ?

À ces mots, elle se raidit et tourna son visage vers moi. L'ombre du contour de l'imposante coiffure me donnait l'impression de faire face à un océan d'obscurité.

—Comment ça ? Que voulez-vous dire ?

Je reniflai et pris la parole. Je progressais sur des œufs.

—J'ai effectué quelques recherches sur vous...

—Sur moi ? Mais enfin, qu'est-ce qui vous a pris ?

—Il fallait que je comprenne. Mettez-vous à ma place...

Agacée, elle haussa les épaules. Je continuai :

—Je me suis rendue à Sainte-Menehould...

—Vous n'auriez pas dû...

—N'empêche que je l'ai fait. J'y ai rencontré des personnes qui vous ont connue. Une certaine Gisèle Barbet...

Elle sursauta avant de prendre le ton enjoué d'une gamine excitée :

—Gisèle ! Vous avez vu Gisèle. Comment va-t-elle ? Vous ne lui avez pas parlé de moi j'espère ?

—Eh, de qui d'autre ?

—Je la regrette, ma Gisèle. C'était une amie précieuse. Mais ce qu'ils m'ont fait, à Menou, ce n'était plus possible. Ils n'ont rien compris. Pour eux, c'était moi la folle. Et puis je risquais de divulguer leurs petits secrets de collabos à la noix. Et ça, ils ne voulaient pas, chez les Marny de Chavet. Qu'on déterre les cadavres sous le château, ça non, plutôt enfermer l'Aphasie. Qu'ils en crèvent étouffés, de leurs mystères dégueulasses. Je devais m'enfuir, vous saisissez ? Ils ont été inhumains avec moi, ils m'ont traitée pire qu'un chien. Alors je me suis évaporée. Pfft, comme ça.

Sa colère était vivace. L'organe mourant qui lui tenait lieu de cordes vocales n'était pas à la hauteur de celle-ci et Aphasie souffrait de cette impossibilité à exploser sans risquer de se briser. Un nouvel épisode toussif, d'une intensité prodigieuse, rejeta brusquement sa tête en arrière. Sous l'impulsion du mouvement, le large chapeau bascula et se retrouva à terre, découvrant un crâne plus dégarni encore que dans mes souvenirs et des os proéminents. Une tête de mort avant l'heure à la vue de laquelle je ne pus réprimer un regard de dégoût que je regrettai aussitôt.

—Ce que vous avez devant vous et qui semble vous déranger autant n'est autre que l'exact reflet de ce que vous serez dans plusieurs dizaines d'années. Alors, c'est oui ou c'est non ?

—Je vous demande pardon ?

Cette fois, ses yeux brillaient d'un éclat insensé.

—Pour le service que je vous ai demandé la dernière fois, c'est oui ou c'est non ?

Je pris mon temps, cherchant à ménager mon effet. Je fouillai dans mon sac et lui tendis le cliché d'elle et de sa sœur, Émilie Torence.

—Quoi ? Qui vous a donné ça ?

—C'est fou ce qu'elle peut vous ressembler.

—Mais qui nom de Dieu ? De qui vous causez Héloïse ?

—Elle s'appelle Candice. Elle sera là d'ici peu.

Sa voix s'était affaiblie, augmentant le rendu du sifflement de ses bronches, la rendant presque inaudible.

—Mais qui est Candice ? Ce n'est pas...

—Si, c'est votre petite fille.

Sonnée par l'information, la vieille femme en

pleurs me fixait sans me voir. J'avais fait sensation. Je poursuivis, fière du retournement de situation qui s'opérait :

—Eh bien, qu'en pensez-vous, c'est oui ou c'est non ?

Elle ne répondit rien, se contentant d'acquiescer et de dessiner, entre le nez aquilin et le menton osseux, l'esquisse d'une courbe.

La chance, à coup sûr, était de mon côté : Candice appelait :

—Allo ? Héloïse. Je suis devant l'adresse que vous avez indiquée au chauffeur mais il a dû se tromper : c'est un cimetière.

—Non, c'est bon, j'arrive. Attendez-moi.

Je raccrochai et me tournai vers Aphasie :

—Elle est là, je vais la chercher. Ne partez surtout pas et attendez-nous ici, nous ne serons pas longues.

Je m'éloignai, non sans lancer quelques œillades furtives derrière moi afin de m'assurer qu'elle serait là à notre arrivée. Aphasie Marny de Chavet restait droite comme un piquet.

Candice se tenait à côté de la berline noire. Quand elle me vit, elle s'écarta. Je payai le chauffeur pour la course et conduisis la jeune fille à l'intérieur du cimetière.

—Non, mais, on va faire quoi là ? C'est un peu glauque, le cimetière. Y avait pas un autre endroit ? Avec moins de morts je veux dire...

Elle parlait à flux tendus, déversant des mots auxquels je ne prêtais aucune attention et dont la suite formait un désagréable bruit de fond.

—Un cimetière?! Me faire venir à Paris pour visiter un cimetière ! Et la Tour Eiffel, ils l'ont fermée, la Tour Eiffel ? Et l'Opéra, il s'est effondré ? Y a d'autres choses à voir que ça, je sais pas moi, les Champs Élysées...

Puis elle la vit. Puis elle la reconnut. Deux femmes. Une au début, l'autre vers la fin. Tant de choses à se dire. Tant de temps à rattraper. Tant et tant que je n'avais plus ma place auprès d'elles. Je m'éclipsai, laissant la grand-mère et la petite-fille s'apprendre et s'apprivoiser.

J'avais fait le boulot ; j'avais trouvé un moyen d'en

finir ; Fanny, j'en étais certaine, réussirait à s'en sortir ; j'étais heureuse. Sur le chemin du retour, j'appelai ma mère. Nous parlâmes de tout et de rien. De rien surtout, ce qui nous permettait d'éviter à peu de prix les sujets qui fâchent.

De retour à la maison, je m'installai confortablement sur mon canapé. Aussitôt, je bâillai. Surtout, ne pas oublier que l'assoupissement était un retour assuré à la porte des Enfers. Je fis alors couler une cafetière pleine d'un café noir corbeau. Fort. Un tord-boyaux imbuvable. Que je bus pourtant, et en entier. Ne pas dormir. Ne plus repartir là-bas. Laisser Pascal dans sa montagne, là où il ne mourrait pas. Nous laisser un répit, une trêve, à lui comme à moi. Nous l'avions bien mérité, après tout. Un repos sans repos. Un comble, quand on y songe.

Le cimetière, derrière ma fenêtre, me narguait. Je fermai volets et rideaux. Me résoudre à déménager. Plus tard. Peut-être.

Lire était tout à fait proscrit car cela risquait de me faire sombrer. Je m'occupai donc comme je pus, à grand renfort d'abrutissement télévisuel. Dès que la somnolence me gagnait, je me dépêchais d'avaler une tasse de café avant de revenir fixer les couleurs qui s'affichaient sur l'écran jusqu'à me laisser hypnotiser par elles. Je tins ainsi toute la nuit, l'estomac retourné. Lorsqu'enfin un journaliste apparut pour énoncer avec détachement des actualités sordides déposées sur prompteur, je jetai un œil à ma montre et me pressai d'aller rouvrir mes volets. L'aube éclatait déjà dans la rue déserte. Je tournai la poignée en plastique et me laissai fouetter par la fraîcheur de l'atmosphère matinale. Celle-ci me donna une idée : j'enfilai un survêtement, chaussai une paire de baskets et partis à l'assaut du bitume. Des oiseaux chantaient, formant une haie d'honneur comme pour me féliciter. Bravo, semblaient-ils vouloir me dire, fêtons ton succès et ton retour parmi les vivants. Portée par l'harmonie parfaite – et inédite- entre mon cœur et ce qui m'entourait, je galopai, de la lumière plein la tête, de la lumière tout autour. Je m'arrêtai en route dans une boulangerie d'où s'exhalait une odeur de beurre mêlé de chocolat. J'y achetai plusieurs viennoiseries dorées dont je fis, dès que je parvins à la maison, un petit-déjeuner gargantuesque. Une douche acheva de me rendre une certaine joie de vivre. C'est dire.

Sortir, pour ne pas dormir. Dehors, dehors, toute la journée, me faufiler à travers la foule, faire les boutiques, manger, marcher, refaire les boutiques, acheter, manger encore, me laver, longtemps, des douches, froides, chaudes, dévaliser les hypermarchés de leurs stocks de boissons énergisantes, à la caféine, à la théine, au guarana, à la taurine, à l'hormone de synthèse, des boissons rose bonbon ou vert fluo, des canettes qui promettent monts et merveilles. Vivre un état d'excitation permanent, tout saisir, tout voir, tout entendre, être au-dessus, plus grand, plus fort. Et danser. Toute la nuit. Dans une boîte enfumée, électrique. Y vibrer, de toutes ses tripes, au son des basses.

Puis trembler, très, trop vite, au bout de quarante-huit heures à peine, de plus en plus fort, sentir le palpitant s'emballer, ne plus parvenir à suivre une émission de télé-réalité sans décrocher. Et dégueuler. Se détester. Retenter quand même, ressortir, une autre boîte, une autre fumée, des basses qui cognent dans la tête. Boire cette putain de boisson au goût de guimauve. S'irriter de ce qu'on s'approche un peu trop près. De la sueur des corps qui se touchent et se collent. S'enivrer malgré ça dans des bras, l'espace d'une dizaine de minutes, s'efforcer d'oublier que dormir, il ne faut pas. Refuser de rentrer. Se traîner. Ne plus savoir qui on est. Rentrer quand même. Ne pas réussir à mettre la clé dans la serrure. Vomir, encore, sur le palier. Pester, parce qu'il va falloir nettoyer. Oublier de nettoyer, justement. Mettre son téléphone à sonner à chaque minute, juste au cas où. Et refaire couler un café.

Soixante-douze heures. Devenir barge à force d'entendre cette sonnerie stridente qui tambourine dans les tympans. Ne plus être certaine de savoir pour quelle drôle de raison on s'est mis la tête à l'envers comme ça. Et céder. Et céder.

Finalement

Encore un de ces samedis matins où il faut changer la taie d'oreiller maculée du sang de l'enfant. Des taches brunes de plus en plus larges, de plus en plus nombreuses. Son visage, désormais, n'est plus qu'une plaie ouverte sur le monde.

Pascale ne sait pas quoi faire. Elle se dit qu'il faut humilier l'enfant une fois pour toutes, lui montrer la laideur des croûtes qui recouvrent sa figure. Elle se dit qu'être jolie, pour une petite fille, c'est important et que, forcément, ça fera comme une étincelle dans les yeux de Fanny, un éclair lorsqu'elle réalisera qu'on ne peut pas se charcuter ainsi. Que si elle, elle n'arrive pas à lui faire entendre raison, ses camarades, par leurs moqueries, trouveront bien le moyen, eux, de lui faire passer l'envie. Alors, lundi, c'est décidé : l'enfant ira en classe le visage recouvert de crème cicatrisante, blanche, épaisse. Du plâtre. Un mur contre les traces. Qu'on ne s'y trompe pas, pourtant, c'est pour la petite qu'elle fait ça.

Fanny ne voit pas le problème. Elle ne comprend pas qu'on puisse faire une fixation sur trois bobos alors que son père, elle le sent bien, est en train de clamser dans l'indifférence générale. Fanny se dit que le monde des adultes est bizarre. Qu'ils comprennent souvent les choses de travers. Qu'ils doivent être idiots, ou aveugles, ou sourds, ou les trois.

France et Pascal se sont séparés. N'étaient pas faits pour être ensemble. Pas besoin d'en faire des tonnes. Trop abîmés pour se trouver. Trop de creux de chaque côté. Et un creux plus un creux, ça ne fait qu'un plus gros creux. Ça ne s'annule pas, les creux. C'est pas comme les chiffres pour lesquels il suffit de multiplier deux négatifs pour obtenir un positif : dans la vraie vie, deux négatifs, c'est juste deux négatifs. Rien d'autre.

Rebelote. Pascal a repris sa vie, les lettres d'huissier étalées sur la table du salon, la vaisselle ébréchée entassée en une pile branlante dans l'évier. Il a refermé la parenthèse de France, de la chambre face au Mont-Blanc, du petit-déjeuner et de l'horizon droit devant.

Il y a deux semaines, il s'est battu. Une bagarre d'ivrognes dans laquelle personne ne gagne, où chacun, à bien y réfléchir, se bat contre sa propre trogne. Ça a pourtant failli mal tourner. Ils étaient trois. Chez Pascal. À boire plus qu'à manger. Le ton est monté entre Loulou et un autre paumé, Didier. Une affaire d'argent prêté et pas rendu. Pas grand-chose en fait, trois cents francs. Un mot en a amené un autre. Le premier s'est levé, le deuxième a suivi. Le troisième, penaud, a fait semblant de les séparer. Mais la tête lui a vite tourné. Bof, qu'il s'est dit, j'y arrive pas, ils sont trop grands, bof, tant pis. Didier a attrapé un verre, en a brisé le cul contre la table basse et a entaillé le visage de Loulou, juste sous l'œil. C'était limite. Limite mais profond. On l'enterrera avec cette marque tout juste refermée.

L'enfant, elle, n'en peut plus. Cette entaille lui crève le cœur. Pauvre papa, pourquoi il t'a fait ça, mon pauvre papa ? Entre deux portes, Pascal dit à Suzanne qu'il va le tuer, ce Didier, qu'il va s'en souvenir, ce fils de pute. Suzanne le résonne, lui dit, arrête, il a un enfant, comme toi, un petit garçon. Elle lui dit, tu ne sais pas ce que tu dis, tu te perds, pense à ta fille, elle a besoin de toi. De l'argent, j'en ai, je t'en donne. Mais arrête. Ces mots, la fillette ratatinée sur le fauteuil du salon les entend, les écoute en fait. Entre fascination malsaine et angoisse paralysante. Elle se gratte un peu plus fort encore.

Pascale n'est pas idiote. Sa fille, elle la connaît même si, oui, forcément, avec le bébé, elle a moins le temps. N'empêche, elle perçoit son malaise, la lueur éteinte de son regard, les interrogations derrière son visage abîmé. Elle a beau se convaincre que ça va passer, que ce n'est pas si grave, qu'on se remet de tout pour peu qu'on le veuille bien car elle en est la preuve, elle, sa gamine n'est pas heureuse et son enfance est en train de se faire la malle. Elle l'enjoint à parler avec son père, à lui exprimer sa rancœur. Parler, communiquer, c'est tout. Il comprendra, tu verras. Pour toi, il le fera. Alors Fanny respire, alors Fanny tremble, tandis qu'elle fait le numéro de téléphone, alors son ventre est sur le point d'imploser, alors une brique lui noue la gorge au moment où elle entend :

—Allo ?

—Allo papa.

—Crapaud, ça va ?

—Oui. Il faut que je te dise quelque chose...

Elle perd pied, voudrait raccrocher, regrette déjà ce qu'elle n'a pas encore prononcé. Heureusement, Pascale est à ses côtés, l'écouteur solidement cloué à l'oreille. Elle l'encourage et murmure, vas-y, vas-y.

—Je t'écoute, qu'est-ce que tu voulais me dire ?

—J'ai peur que tu te fâches...

Loulou s'agace. Il ne la sent pas, cette conversation. Des mauvaises ondes. Un pressentiment.

—Tes copains, ils sont toujours chez toi. Même quand moi j'y suis. Moi, ça me fait peur. Je ne veux voir que toi et pas eux. Si tu continues à les voir, moi, je ne viendrai plus. Allo ?

Il a raccroché. Fanny est pendue à l'autre bout du fil. Elle écoute une tonalité qui n'en finit plus. Qui n'en finit plus. Longue comme la respiration qu'elle prend pour empêcher les larmes sous le regard de bénédiction de sa maman qui lui dit, tu as bien fait, ne t'inquiète pas, c'est toi qui as raison. Il va réfléchir puis il va rappeler. Sauf qu'il n'a jamais rappelé. Pas eu le temps. Qui dit d'ailleurs qu'il en ait seulement eu l'envie ? L'enfant, involontairement, venait de lui donner l'estocade. Le cœur n'en supportera plus davantage. Si c'est pas malheureux.

15

Misérable. Pitoyable.

À mon réveil, ma tête n'était plus qu'un champ de bataille, les tempes tenues serrées dans un étau. C'était un échec cuisant. Pascal était mort une seconde fois. En dépit de mes efforts, en dépit de tout ce que j'avais entrepris, en dépit de la foi et de la fougue qui m'avaient portée, je n'avais sauvé personne, ni lui, ni Fanny, que j'avais enfoncée un peu plus. Aphasie et Candice? Peut-être. Je n'en savais rien en fait. D'ailleurs, je ne voulais pas le savoir.

Embourbée dans un frimas de remords et de désarroi, je visai le visage terreux de guerrier défait qui me faisait face dans le miroir, accentué par l'éclairage vacillant de ma salle de bain. Pascal, Pascale, Fanny, et tous les autres ne faisaient plus partie de moi. Terminé. Dégagez, y a plus rien à voir. Un ultime songe pour un adieu. Loulou, ou l'itinéraire d'un destin gaspillé. Moi, ou le fiasco radical. Écoeurement complet. D'eux, de moi, de toute cette mascarade. La nausée brûla mes entrailles. Une bile citron troua ma gorge pour se déverser dans la cuvette des toilettes. Lamentable.

« *Et, quand tout est terminé, lorsqu'enfin le dernier rêve vient rejoindre le premier et qu'il s'arrête là où tout se termine, alors que je suis persuadée que je vais recouvrer ma liberté et que ma vie va recommencer, une nouvelle histoire prend possession de mes rêves et empoisonne mes nuits, un nouveau mort s'insinue dans ma tête et ne me laisse tranquille que lorsqu'il a achevé de dire ce qu'il a à dire. C'est sans fin. Chaque défunt qui vous parle vous détruit un peu plus. »*

Au moins, en avais-je terminé pour cette fois et pour ces protagonistes-là. Pour eux, tout était dit, acté, classé, rangé. Mais les autres? Hein? Qui, après eux?

Je jetai un large cachet blanc effervescent dans un verre d'eau. Devant mes yeux imbéciles, des centaines de petites bulles cherchant à s'échapper montaient et se retrouvaient prisonnières de la surface sur laquelle elles s'agglutinaient. À l'image de ces pauvres hères qui attendaient, à la queue leu leu, de pénétrer mes rêves. Je bus. Au bout de quelques instants, la douleur physique se dissipa. Lui succéda une lassitude apathique. Mon regard, tour à tour, s'accrocha au dépôt blanchâtre sur le bord du verre, à la fissure qui lézardait sur le mur immaculé de la cuisine, à l'abat-jour rouge pendouillant au bout de son fil noir trop long, au canapé déformé de m'avoir trop supportée, à la table basse collante et mal lavée. Aux multiples sépulcres, là, dehors, derrière ma fenêtre, dont la posture hiératique paraissait se complaire à me narguer. Je ne ressentais plus rien. J'étais en panne de sentiments, à court de sensations. Un pied chez les vivants, un pied chez les morts, la tête coupée en deux, les bras ballants. Il me restait une éternité à déambuler, résignée, dans d'autres existences pour les voir se fracasser tour à tour contre les falaises sans rien y pouvoir, constater leurs mauvais choix, distinguer les obstacles infranchissables qui ne manqueront pas de se dresser, prévoir les terribles conséquences de leurs actes, savoir. Et me taire. Je n'éprouvais ni haine, ni rancœur, ni rien. J'étais épuisée. Épuisée et désolée pour Pascal pour lequel rien n'avait été possible. Pascal et tous ceux qui allaient suivre.

Cet après-midi-là, ma mère vint chez moi. Elle me trouva une mine affreuse. On dirait que t'as pas dormi qu'elle me dit, pas dormi depuis cinquante ans. Je lui répondis, bah si tu vois, justement. Elle, elle continuait, le médecin m'a annoncé que la tumeur a grossi, qu'elle ne me laisserait pas beaucoup de temps. Ce temps, je voudrais qu'il soit pour toi, pour moi, pour nous. Et moi, je lui rétorquai sans rire, je sais que le temps joue pas contre ça, qu'on se reverra après, crois-moi. Elle me sauta dans les bras. Elle pleurait. Et merde, qu'elle finit par me dire, cache-moi ce foutu cimetière, il me fout les glandes. Je fermai les volets et serrai ma mère contre moi. J'aurais voulu plus pour elle et moi, plus qu'un enlacement auquel je ne participais qu'à moitié, davantage préoccupée par le nombre de jours, de semaines, d'années qu'elle mettrait pour se faufiler dans mes nuits. Elle me raconta ses trouilles, ce cerveau qui était maintenant son pire ennemi, ces médecins qui vous annoncent de but en blanc que vous allez crever, comme un fait anodin, comme on propose un pique-nique sous un ciel menaçant puis qui prennent l'air ahuri lorsque vous refusez leur sortie à la con. Elle me raconta pour mon père, que ce n'était pas un mauvais bougre, que je ne devais pas lui en vouloir, que décider de refaire sa vie à quarante ans, c'était le lot de beaucoup d'hommes. Leur couple ne tenait plus, on ne pouvait pas le nier. Elle m'expliqua se désoler régulièrement de cette fascination pour la mort que j'entretenais depuis plus de dix ans. La contemporanéité de l'apparition de ces symptômes, comme elle les appelait, avec le départ de mon père lui sautait très nettement aux yeux: elle me demanda pardon de ne pas avoir réalisé cela plus tôt, d'avoir négligé ce que je ressentais. Tu vois, me dit-elle enfin, l'approche de la fin a du bon quand même : ça remet les pendules à l'heure, en même temps que ça les accélère.

J'allais perdre ma mère. La mort m'encerclait. Elle me grignotait peu à peu.

Ma mère s'en alla trois mois plus tard. Dans un hôpital blafard. Dans une chambre aseptisée, dans un lit aux draps jaune pipi, près d'une commode sur laquelle on avait posé un bouquet de fleurs affreux, un reste de repas sur un plateau à roulettes instable, un néon grésillant au-dessus de sa tête, un store baissé pour unique perspective.

Je n'étais pas là. Arrivée après la bataille. Elle, elle

était allongée, pâle et squelettique. Moi, je me tenais debout, sidérée par le masque qui l'avait recouverte. Ils me proposèrent de me laisser seule avec elle afin de pouvoir lui dire adieu. Je refusai et sentis les reproches silencieux qu'ils me balancèrent l'air de rien. J'allai la revoir, ce n'était qu'une question de temps. Mais ça, eux ne s'en doutaient pas.

Les semaines, les mois passèrent. N'ayant plus personne pour me rappeler à l'ordre, je m'enfermai un peu plus. Des défunts, beaucoup, vinrent me rendre visite. La durée que les uns et les autres s'octroyaient dans mon esprit dépendait de ce qu'ils avaient à raconter. Celui-ci restait quatre nuits quand celui-là s'installait pour plus de trois semaines. Il n'y avait pas de règle. Peu importe, au fond, le temps qu'ils s'accordaient, chacun d'eux emportait inéluctablement une partie de moi. J'avançai désormais tel un automate dans les méandres de ma drôle d'existence, ne refusant pas la présence de ces morts, l'appelant même de mes vœux, subissant par procuration des passions, des désillusions et des catastrophes qui m'étaient étrangères. Je tentai de me convaincre que cela ne m'amochait plus. Que la première expérience avait été la plus douloureuse, que son souvenir était le plus indélébile. Que, parce qu'il m'avait prise par surprise, Loulou avait eu la force du premier. Qu'il me suffirait de m'accommoder des autres. Que j'avais de la chance. Que je n'étais pas Aphasie. Que je n'avais pas une famille à mes trousses. Qu'il n'y avait aucun secret qui ne pouvait être révélé au grand jour. Que je n'avais rien à fuir d'autre que ma réalité, moribonde, au profit de nuits dont les histoires m'emportaient. Évidemment, je luttais parfois contre certains scénarios trop insoutenables, me révoltais contre des injustices, m'acharnais contre des personnalités malsaines, priais tous les saints et tous les diables de faire s'arrêter le naufrage. Mais en vain, toujours : je combattais des fantômes, m'escrimais à donner des coups de pied dans des tas de sable. J'aimais mes rêves. J'en vins à détester tout ce qui n'était pas eux. J'appréciais les gens, oui, mais je les aimais morts. Étais-je heureuse en fin de compte ? Peut-être bien.

Un matin, je découvris en me levant un pli passé

sous ma porte d'entrée. Je m'étonnai de ce quelqu'un éprouvât soudain le besoin d'entrer en contact avec moi et du procédé désuet choisi pour établir ce contact. Je me baissai et ramassai la petite enveloppe gisant sur le parquet. Celle-ci, légèrement crème, n'était recouverte d'aucune inscription. Le rabat avait été soigneusement collé et je déchirai le papier fin malgré l'application que je mis à l'ouvrir. À l'intérieur, une feuille de petit format pliée en quatre était recouverte au recto et au verso d'une écriture fine et penchée réalisée à l'aide d'un crayon à papier. De belles majuscules assorties de quelques déliés me donnèrent immédiatement à penser que c'était là l'œuvre d'une personne d'un âge avancé. La signature ne me donna que trop raison. Aphasie Marny de Chavet. Elle avait ajouté « née Ribaud », pour me signaler, enfin c'est ce que je crus, qu'elle ne me tenait pas rigueur des recherches qui m'avaient conduite à sa petite-fille. Un clin d'œil en somme. J'avais espéré ne plus être dans sa ligne de mire. Avec une grande appréhension, j'entrepris de lire le message :

« Chère, très chère Héloïse,

Vous êtes partie bien vite la dernière fois. Rassurez-vous, je n'écris pas pour vous réprimander. Au contraire, m'avoir permis de rencontrer ma petite Candice fut un cadeau inestimable dont je ne vous saurai jamais assez gré. Et une bien jolie pirouette de votre part, je dois bien l'avouer. Je salue d'ailleurs votre audace et votre pugnacité. Néanmoins, j'ai fait mon temps, je suis fatiguée de ces morts qui vont et viennent, et vous êtes la seule à pouvoir m'aider. Vous et Candice. Vous comprendrez que mettre Candice dans cette galère, une jeune fille si innocente qui a encore toute la vie devant elle, me met bien mal à l'aise. Mais vous, Héloïse. Ça ne vous coûterait pas grand-chose : nous n'avons rien en commun si ce n'est cette proximité des décédés, aucun lien de parenté. Viendra le tour de Candice, je le sais bien. Vous aussi, au fond, vous avez cette intuition. Vous avez reconnu cela en elle, comme je l'ai reconnu en vous. Un jour, vous serez à ma place et Candice à la vôtre. Un jour, vous réclamerez à ma petite-fille un repos qui se défilera sans cesse. Pour cela, vous l'initierez et lui montrerez le chemin. Pour cela, vous la perdrez. On n'y peut rien. Un jour, vous *serez lâche. Réfléchissez encore un peu. Mais, de grâce, pas trop longtemps. Même souffrir me demande des forces que je ne possède plus. Je vous attendrai chaque jour devant la tombe de ma sœur. Je n'ai plus rien d'autre à faire.*

Aphasie Marny de Chavet, née Ribaud.

PS : Permettez-moi encore un mot ma chère Héloïse : si vous m'en croyez, ne parlez jamais de cela à quiconque. Surtout, n'entraînez personne avec vous jusqu'au moment ultime où vous passerez le flambeau à ma petite fille. Restez seule. Affrontez. Car, si par malheur, vous deviez avant cela embarquer une personne innocente dans votre giron, celle-ci n'y réchapperait pas. Et votre conscience, mon Dieu, votre conscience. »

Je m'écroulai sur le canapé.

Fanny.

Qu'avais-je cassé en elle ? Qu'avais-je fait ?

Fanny.

Fanny.

La réponse arriva quelques jours plus tard.

Fanny

Un bruit assourdissant de moteurs qui grognent et de roues qui glissent sur l'asphalte trempé unis aux klaxons angoissants qui résonnent jusque dans l'ombre vers laquelle ils s'élancent. Des faisceaux rouges et jaunes qui vont et viennent, éclairant, presque par inadvertance, la silhouette insolite. Des voitures qui font des embardées au dernier moment. À gauche. À droite. Tout autour d'elle. Des conducteurs qui croient à une apparition : j'ai cru voir, j'suis pas certain en fait, c'était trop rapide.

Un dos de grande fille blonde. Une nuque et des épaules mouillées par les éclaboussures des véhicules qui passent à grande vitesse. Elle s'en fout. De la lumière, des coups de frein intempestifs, de certains passagers qui la hèlent. Elle s'en fout, des bagnoles qui la dépassent, du tissu humide qui lui colle à la peau, des frissons dont elle n'a pas conscience. Elle s'en fout, elle, elle avance. C'est marrant, quand on y pense, le bruit vague et régulier qu'elle perçoit, comme une musique un peu entêtante, les halos colorés, des projecteurs mal réglés, c'est marrant, ça fait monde magique. Elle ne sait pas trop ce qu'elle fait là mais elle est bien. Et le danger, elle s'en tape, elle lui fait un bras d'honneur au danger. Elle vit, elle avance, invincible. Rien ne peut l'atteindre. Rien. Pascal, son papa, est derrière elle. Il sourit. Elle pourrait le jurer.

Lui, dans sa Volkswagen flambant neuve dont les essuie-glaces se balancent à plein régime, pose son téléphone portable sur les genoux. Sa copine lui a envoyé un SMS. Il n'en peut plus d'elle, il faut qu'ils se séparent. Tiens, il va lui dire maintenant. Par SMS. OK, c'est lâche mais c'est plus commode. Alors entre lâcheté et praticité, le choix est vite fait, ça vaut pas le coup de se mettre la rate au court-bouillon. Il va juste lui envoyer « On arrête ». C'est clair, net et précis. Elle le prendra comme elle voudra, c'est plus son problème. Et si elle revient à la charge, parce que c'est bien son genre, il ne répondra pas. Elle finira par se lasser. À lui la belle vie. Il appuie sur le « o », le « n », le « a », omet l'espace, efface, reprend, le « a » à nouveau.

Soudain, un objet s'abat avec fracas sur le capot luisant de la Volkswagen. S'ensuit un bruit sourd de chute de matière molle et inerte sur le goudron. Merde. Le SMS attendra. La séparation aussi, du coup.

Maintenant, il fait jour, le soleil est à son zénith. Tout le monde patiente à la sortie du crématorium. Certains n'osent pas croiser le regard digne du compagnon qui tient le si petit enfant dans les bras. Ni celui de la mère muette. Ni celui de la jeune sœur effondrée. Les mines sont navrées. Personne ne peut concevoir le geste. Naturellement, quelques personnes diront qu'elle n'était pas si heureuse, que quelque chose clochait, un truc pas ou mal refermé. Ils observent de biais le concubin, la maman et la frangine, cherchant à connaître le coupable parmi les trois. Quant à la petite orpheline que voici, elle n'aura bientôt plus aucun souvenir de sa mère. C'est mieux comme ça, au fond. Quitte à ce que ça arrive, mieux vaut plus jeune, que plus tard. Parce que les souvenirs, quand on a le malheur d'en avoir, ça poisse et ça vous colle des casseroles.

Pas une lettre, pas une explication, encore moins un mot d'excuse. Comment pourraient-ils concevoir qu'elle a seulement voulu jouer cette nuit-là, avec son père, avec la mort, voir jusqu'où elle pouvait aller. Un défi gigantesque, un pied de nez. Elle ne pensait pas mourir. Mais voilà, c'est arrivé.

L'urne et l'enfant se font face dans les bras du père. Ses avant-bras fatiguent et s'engourdissent pendant que le bébé dort à poings fermés et que l'urne pèse de son poids mort de céramique hors de prix. Il ne sent plus ses bras. Il tient pourtant. Il tiendra.

16

Je connus le poids terrible du remords, la sensation de malaise burinant le ventre et la tête, le fardeau qui épuise le cou, les morceaux de cœur qu'on évide et qu'on balance à la flotte. J'avais précipité la chute de cette pauvre Fanny, privant ainsi un époux et un enfant de cette indispensable présence féminine. Et pour quoi, en fin de compte ? Parce que mon égocentrisme n'avait pu se satisfaire de mon impuissance ? Parce que j'avais éprouvé le besoin d'être sûre que je ne rêvais pas ? Cela en avait-il valu la peine ?

Fanny. Était-il dans l'ordre des choses de sacrifier la fille au père ?

Ce jour-là, je courus au cimetière retrouver Aphasie. Il n'y avait aucune autre issue.

Assise sur le banc qui avait été le théâtre de notre rencontre des mois auparavant, elle lançait quelques miettes de pain aux moineaux qui piaffaient devant elle. Elle ne parut pas étonnée de me voir.

—Je vous attendais, me dit-elle dans un demi-sourire.

—J'ai mal fait Aphasie.

Je fondis en larmes.

—Voyons, on y passe tous. C'est humain de vouloir voir par soi-même. C'est la raison pour laquelle les fils reprennent souvent les erreurs des pères, en dépit des recommandations de ces derniers.

Je sanglotai :

—Comment savez-vous ? Je n'ai encore rien dit…

Son large chapeau se tourna vers l'horizon.

—Quoi d'autre, hum ? Quoi d'autre aurait pu vous faire venir me trouver ? Il y a bien longtemps de cela, j'ai fait la même erreur que vous Héloïse. À la suite de visions qui m'avaient particulièrement affectée, je suis rentrée en contact avec les proches du jeune homme défunt. Sa petite sœur n'a pas survécu à ce que je lui ai montré, elle s'est suicidée peu après. Ses parents perdaient ainsi leur dernier enfant, par mon unique faute. Je vis avec ça sur la conscience depuis plusieurs dizaines d'années. On n'oublie jamais. Vous n'oublierez pas non plus. Vous irez jusqu'au bout de ce que vous pourrez endurer.

Elle sourit légèrement. Je restai muette, estomaquée par la clairvoyance de la vieille femme et par la similitude de nos parcours. De petits oiseaux s'approchaient de nos chaussures avec courage. Elle plongea une main tremblante dans sa poche et s'entêta à nourrir les minuscules bêtes. Elle reprit :

—Vous vous demandez sûrement comment j'ai hérité de cette malédiction. Ce serait normal, après tout, que je vous raconte. Je vous dois bien ça.

Je scrutai le ballet des moineaux au sol. Leur chant, les miettes. Dérisoire.

—Non, vous vous trompez Aphasie, vous ne me devez absolument rien.

Elle cessa tout à coup de jeter du pain.

—Est-ce à dire que votre curiosité ait déjà été suffisamment assouvie ?

Elle marqua une pause avant de reprendre sur un ton péremptoire :

—Vous ne me ferez pas avaler ça.

Une toux profonde déchira ses bronches.

—Bien, continua-t-elle après avoir essuyé un peu de sang qui perlait au coin de ses lèvres, lorsque j'étais enfant, j'aimais traîner dans les cimetières. Je m'y sentais à mon aise. Je ne vous fais pas un dessin, c'est une sensation que vous ne connaissez que trop bien. Plusieurs fois, j'avais remarqué la présence d'un vieil homme. Il m'observait et ne s'en cachait pas. Lorsque je me tournais vers lui, il me saluait avec un air calme. Son visage était abîmé, taché mais ses yeux, eux, brillaient d'un éclat indéfinissable.

À nouveau, un bruit tonitruant s'échappa de sa gorge. Le corps rabougri de la malheureuse rebondissait en cadence. Elle se calma et poursuivit :

—Il était toujours impeccablement mis, portant un costume de flanelle beige, identique chaque jour. J'avais un peu peur de lui mais il m'intriguait. Un beau matin, je me suis rendue seule au cimetière. Juste pour me balader. Lui était là, comme à chaque fois. Il m'a fait signe de m'approcher. Je n'étais pas fière. J'y suis allée quand même. Il m' a demandé si j'avais déjà vu des fantômes. J'étais une gamine, il avait piqué mon intérêt. Il m'a dit qu'il allait m'en montrer. Qu'il me suffisait de tenir un peu sa main puis de choisir une tombe, au hasard. Je l'ai fait. Je ne vous raconte pas la suite, vous la connaissez. Je ne l'ai plus revu pendant dix jours. Lorsqu'il est revenu dans le cimetière, il était métamorphosé : il avait perdu de sa superbe, son visage s'était émacié, ses épaules s'étaient voûtées. Il m'a tout expliqué, tout comme je le fais avec vous aujourd'hui. Ensuite, il m'a tendu un verre vide et une petite fiole en me disant que si j'avais bien tout compris et si j'avais un peu pitié de lui, bref si j'étais une gentille fille, je n'avais qu'à lui remplir ce verre d'un peu d'eau et en mélanger le contenu avec le liquide de la petite fiole. Ce que je me suis empressée de faire. Je n'étais qu'une gosse. Je l'ai fait sans réfléchir. J'ai couru, le plus vite que j'ai pu, jusqu'à la fontaine du village et j'ai rempli le godet à ras bord. Tant que je remonte, la moitié s'était évidemment déversée sur le sol. Revenue au point de départ, j'ai pris la fiole des mains du vieux bonhomme et j'ai versé jusqu'à la dernière goutte dans le verre. Il m'a remerciée puis il m'a demandé si je pouvais rester avec lui encore quelques instants, le temps de voir le soleil s'abîmer derrière le clocher de la vieille église. Il pleurait, mettait ça sur le compte d'une envahissante cataracte. Nous n'avons plus beaucoup discuté. Quand le soleil a commencé à descendre, il s'est excusé puis il a avalé d'un trait le contenu du verre qui s'était réchauffé. Il s'est levé et s'est mis à marcher quelques mètres, soutenu par sa canne qui semblait plier sous son poids. Je l'ai regardé s'éloigner, sans bien comprendre cette soif soudaine et son départ précipité. Après quelques pas vacillants, il s'est écroulé derrière une tombe. Je me suis élancée vers lui. Les yeux ouverts vers le ciel, il ne respirait plus. J'ai pris peur, je me suis sauvée sans jamais en informer personne. C'est un employé municipal qu'il l'a trouvé le lendemain matin. Personne n'a jamais su qui il était. Ce n'était pas un homme du coin. Il était mort de ma main, tout comme lui avait donné la mort en son temps à son prédécesseur.

Grâce au récit d'Aphasie, je compris enfin que je n'étais qu'un maillon d'une chaîne qui était née avec l'humanité. Mon destin était scellé : je ne pouvais pas me défiler plus longtemps.

Elle se recroquevilla sur le banc et toussa pendant de longues minutes. Cette pauvre petite chose était à bout. Une intense pitié m'oppressa. Sa délivrance. Ma délivrance. Je saisis ses épaules :

—Dites-moi, que dois-je faire ?

—Dois-je comprendre que vous acceptez ?

J'acquiesçai. Une nuée d'oiseaux s'échappa d'un arbre immense, accueillie d'une gerbe de rayons dorés par les cieux qui s'ouvrirent. Sans un mot, Aphasie ouvrit son sac à main d'où elle sortit un flacon minuscule opaque et un verre à liqueur décoré d'un liseré vert. Je pris le petit verre, me levai et me dirigeai lentement vers l'arrivée d'eau. Là, pour ne pas abîmer l'équilibre incertain des arrosoirs entreposés les uns sur les autres, je me penchai avec précaution, appuyai d'une main sur le bouton poussoir et tendis l'autre afin de recueillir le précieux liquide qui vint remplir entièrement le récipient ridiculement petit avant même que je ne m'en rende compte. L'eau froide gicla sur ma peau. Un avertissement. Des menottes gelées qui se ferment pour de bon.

Je revins vers l'immobile petite ombre tassée sur le

banc. Je m'assis et vidai le flacon dans le verre.

—Et maintenant ?

—Et maintenant partez Héloïse. Vous avez fait ce que vous avez pu.

Je m'apprêtai à me lever quand elle ajouta :

—Je vous assure que c'est une bonne action. Telle que vous me voyez là, je suis heureuse. Merci. Merci.

Elle souriait. Un imperceptible tremblement de son genou droit indiquait cependant que le calme n'était qu'apparent. C'était compréhensible : elle allait mourir, après tout. Malgré la solennité du moment, une interrogation me brûla les lèvres :

—Aphasie, accepteriez-vous de répondre à une dernière question ?

—Comment pourrais-je vous le refuser ?

—Que s'est-il passé dans cette cabane ? Qu'avez-vous vu au sujet de votre sœur ?

—Vous savez, ils m'ont gardée enfermée pendant quatorze ans, cinq mois et dix-huit jours. Je suis restée seule dans cet abri de misère tout ce temps-là. Je ne voyais pas mon fils. D'après ce que Candice m'a raconté, il est devenu tout le portrait de son père. Je le regrette infiniment. Seule la domestique me donnait quelques nouvelles du dehors au rythme des repas qu'elle m'apportait et des draps qu'elles faisaient passer par la chatière. La pauvre femme était affligée de ma condition. Peut-être a-t-elle cru me protéger en ne me disant pas que ma sœur avait été tuée. Comme vous pouvez vous en douter, j'ai assisté au meurtre de ma sœur peu de temps après qu'il ait eu réellement lieu. Ça m'a filé un sacré coup. Ça m'a même dévastée. Je ne m'y attendais pas. Surtout que son meurtrier était son propre fils, mon neveu. C'est cette révélation qui m'a donné la force de me sauver. Je ne voulais pas finir comme une souris dans un piège et, surtout, je voulais me recueillir devant sa tombe. La photographie sur laquelle elle se tient devant une chaise, je l'ai volée. C'est la dernière qui a été prise d'elle. Par son fils. Juste avant de.

Elle leva la tête, fixa la tombe d'Émilie Torence quelques secondes puis trancha :

—Il est temps maintenant Héloïse. Partez.

Je pris sa paume, déposai un baiser sur la peau rugueuse de la vieille femme et m'éloignai : tandis que je repliai les bras sur ma poitrine et me dirigeai à grands pas vers la porte d'entrée du cimetière familier, le piaillement des moineaux affamés diminuait. Je ne me retournai pas. Dans ma tête, Pascal, Fanny, maman, Aphasie aussi, déjà. J'étais devenue tout ce qu'il restait d'eux. J'étais l'héritière.

Du même auteur :
Un sac (roman, 2015)
Parfois on tombe (roman, éditions Favre, 2014)

Retrouvez-moi sur Facebook :
https://www.facebook.com/SoleneBakowskiAuteur
Suivez-moi sur Twitter : @SoleneBakowski
Ou rendez-vous sur :
www.solene-bakowski.com

Printed by Amazon Italia Logistica S.r.l.
Torrazza Piemonte (TO), Italy

17872285R00114